JN286898

目次

陽炎太陽

綾崎隼
Syun Ayasaki

イラストレーション／ワカマツカオリ

登場人物

響野　一颯　（きょうの・いぶき）………主人公

舞原　陽凪乃　（まいばら・ひなの）………一颯の友

嶌本　和奏　（しまもと・わかな）………一颯の友

古江　玲輔　（ふるえ・れいすけ）………一颯の友

舞原　陽葵　（まいばら・ひまり）………陽凪乃の母

舞原　零央　（まいばら・れお）………陽凪乃のいとこ

嶌本　琉生　（しまもと・るい）………和奏の兄

Like a blossom he has come forth and is cut off,
And he runs away like the shadow
and does not keep existing.
JOB 14:2

あたかも花のように生まれては切り落とされ、

影のように飛び去って、留まることがないのだと。

ヨブ記14:2

プロローグ

あの頃、僕はまだ十歳で、何にだってなれる気がしていた。
仰ぎ見る太陽はいつだって高く、降り注ぐ陽射《ひざ》しは何処《どこ》までも暖かい。
手を伸ばせば、いつかは鳥にだって届くと信じていた。

僕の住む朝霧《あさぎり》村は、新潟県の外れにある小さな漁村で、美しい自然と豊かな海産物だけが取り得の田舎町《いなかまち》だった。

畳の部屋しかない古い長屋に、両親、健在な祖父母、都会暮らしに疲れて帰って来た十五歳年上の叔父《おじ》、小学五年生になった僕の六人で暮らしている。

東京で就職した叔父は大学生だった頃から、帰省する度に都会の魅力を切々と語っていた。こんな田舎にいたら腐るだけだと、言いたい放題だったのに、三ヶ月前に実家に帰って来て以来、仕事もせずにぶらぶらとして、祖父母の小言を毎日くらっている。そんな風景がうちの家の日常だった。

小学四年生から、僕はサッカー部に入部している。

新潟県にもアルビレックスというプロのクラブチームがあって、父に連れられて何度か試合を観に行ったことがある。広いピッチを縦横無尽に駆け回る選手の姿は魅力的で、いつかこんな大歓声を浴びながらゴールを決めてみたいと、単純な僕は思っていた。

サッカー部に入って一年が経過し、ゴールデンウィークが明けた頃、顧問がこれからは五年生も試合に出すと宣言し、俄然《がぜん》、僕らはやる気を出し始める。

田舎町とはいえ、やはりサッカーは一番人気のある部活動だったし、レギュラー争いは熾烈《しれつ》を極めていたが、そこに滑り込む自信があった。そのための情熱も、胸の中心で真っ赤に燃えていたのだ。

それは、そんな七月の夕方のことだった。

サイドバックが蹴り出したボールがラインを大きく割って、転がる影を追うと、茜色《あかねいろ》の空が目に飛び込んでくる。

垂直に伸びる飛行機雲と、息をのむほどに真っ赤な夕焼け空。

世界はとても美しく、僕はまだ幸せな子どもだった。

飛行機雲の白線を追いながら視線を下方に移すと、フェンスの向こう、一人ぼっちで佇《たたず》む少女が目に入った。練習風景を眺めていたのだろうか。

彼女が茜色の空を背負っていたため、顔まではよく分からなかった。

「あいつ、また見に来てたのか」

同じサイドでプレーをしていた古江《ふるえ》玲輔《れいすけ》が、息を整えながら呟《つぶや》く。

「またってことは前もいたの？　誰？」

「誰って転校生の舞原《まいばら》だろ。友達いないから、いつも見てんだよ」

玲輔に言われ、ようやくその輪郭を思い出す。うちのクラスに二週間前に転校してきた、いわくつきの少女、舞原陽凪乃《まいばらひなの》。やっぱり、まだ友達がいないのか……。

プレーが再開し、ピッチを走りながら、彼女のことを思っていた。

明るい自己紹介と快活な笑顔でクラスにやって来た舞原陽凪乃だったが、彼女はこの村において望まれざる異端児だった。

朝霧村は古くから漁村として栄えてきたが、近年は過疎化の一途を辿《たど》っている。現状を打破する一手も、改革を促せるだけの首長も存在せず、伝統を守ることしか出来ないこの村の未来は、子どもから見てもジリ貧にしか思えない。そんな朝霧村にやって来たのが、東日本有数の企業グループ、その元締めたる舞原一族である。自治体の職員は早々に迎合し、村人の意思と反する形で、観光業に特化したリゾート地としての開発が推し進められていく。

一連の決定は村民の反感を買い、開発の反対運動は実力行使を伴うデモにまで発展したのだが、実際にプロジェクトが動き始め、法的措置を取られてからは、反対派もその動きを完全に封じられる。

そして、二ヶ月前。村を一望出来る丘陵地に大仰な屋敷が建てられ、開発計画の指導者となっていた男の家族が引っ越して来る。その家の一人娘こそが、クラスメイトとなった舞原陽凪乃だった。

村民にとっては望まざる変革である。老人たちも、一線で働く壮年世代も、漁村の大胆な変化には強硬に反対していたし、そんな中にやって来た家族が、因習の強い村で歓迎されるはずもない。

舞原陽凪乃の転校を快く感じている者は一人もいなかった。彼女はやって来る前から疎まれており、口をきいてはならないと僕も祖父母に厳しく言い渡されていた。そういう空気が最初から教室には出来あがっていたのだ。

加えて、彼女の垢抜《あかぬ》けた容姿は、それだけで同性の嫉妬《しっと》を買ってしまう。田舎の子どもたちとは一線を画すハイソサエティな身なりも、ナチュラルにブラウンな髪も、平等に女子の反感を買い、彼女の笑顔は一日で潰《つい》えた。

誰に話しかけても無視された舞原陽凪乃は一人も友達を作れなかったし、彼女の敵はクラスメイトだけではなかった。教師を含めて学校中の人間が彼女を疎み、誰もがその存在を煙たく感じていたのだ。

それは一体どれくらい愚かで残酷なことだったんだろう。たった十歳の少女を、どれだけ追い詰めていったのだろう。彼女に救いの手を差し伸べることは、この小さな村の中で明確な裏切り行為だった。人は弱くて醜い。村八分にされる覚悟で、彼女に優しく出来る人間など、誰一人としていなかったのだ。

日の入り前に部活動が終わり、気付けば、フェンスの向こうにあった彼女の影も消えていた。

彼女は初日の自己紹介で、新潟市でサッカーのジュニアユースチームに入っていたと言っていた。都会には女子のチームもあるのだろうか。気にはなったが、話しかけたりなんて出来るはずもない。結局のところ、僕もまた情けなくなるくらいに弱い人間の一人でしかなかった。それでも、一度意識してしまえば目に入るようになる。

放課後、舞原陽凪乃はいつも僕たちの練習風景を見つめていて、終了時刻より少しだけ早く消えてしまう。誰かと下校が一緒になるのを避けるように、気が付けば消えていた。

意思は時に形のないものを呼び寄せることがある。

七月の第三週、クラスで席替えが行われ、くじ引きの結果、僕と彼女は窓際の最後列、隣同士の席になってしまった。

ユースチームにいたんだってね。それって女子チームなの？　いつからやっていたの？　ポジションは何処？　憧れている選手はいる？

聞いてみたい質問は幾つもあったが、彼女を嫌悪する教室中の目が怖かった。

大人になってから振り返ってみれば、本当に馬鹿げた話だ。仮に地域開発が明確な悪であったとしても、彼女自身には何の罪もない。それなのに周りが怖くて、自分も無視されてしまうのが怖くて、舞原陽凪乃から目を逸《そ》らしてしまう。

彼女へのイジメがエスカレートしていく様を、隣の席に座ったことで知っていく。

彼女の教科書やノートには卑猥《ひわい》な落書きが並び、頻繁に持ち物が紛失していた。

僕らは一番後ろの席だから、少なくとも授業中、教師以外から見られることはない。持ち物を隠されてしまった彼女にも見えるよう、二つの机の真ん中に教科書を開いて置く。彼女はその度に、強張《こわば》った表情で僕を見つめるだけだった。

給食のスープにゴミを入れられたり、内履きの靴紐《くつひも》を切られたり、嫌がらせは続き、彼女の笑顔が凍りついても、攻撃はやむことがなかった。

一度だけ、同じサッカー部の友人、玲輔に相談してみたことがある。

やりすぎじゃないのかな。舞原陽凪乃は何も悪いことをしていないのに、どうしてあんなイジメを受けなきゃいけないのかな。

僕の言葉を受けて、玲輔は表情を強張らせる。

「それ、誰にも言わない方が良いぜ。そんなことを口にしたら、お前もイジメられる」

玲輔には十歳年上の兄がいて、彼は地元ではその名を知らない者などいないほどの不良だった。玲輔だって腕っ節が強く、屈強なのに、その彼でさえ彼女の味方をするのは怖いというのだ。

玲輔の弱気に落胆していたが、じゃあ、僕は何なのだろう。馬鹿げているって分かっているくせに、この有様だ。自分まで標的にされてしまうのが怖い。今いる場所を捨ててまで、舞原陽凪乃を守るだけの強い心がないのだ。

何の勇気も奮えないまま、一学期最後の日がやってくる。

終業式を終えた後で、サッカー部は部室に集められ、夏休みの日程を懇切丁寧に説明された。それから解散となり、一人、帰途につく。

僕の家は丘陵地の麓《ふもと》、山から流れる川沿いにある。リコリスの群生する河川敷の土手の上、二色で編まれたネットに入ったサッカーボールを蹴りながら、ぼんやりと歩いていたら、ランドセルを背負った少女の影が見えた。

視界の前方、足を引きずりながら、緩慢な動きで揺れていたのは……。

「半分、持つよ」

少女に駆け寄り、彼女が両手に抱えていた荷物を取ろうとしたら、

「触らないで！」

乱暴に振り払われ、彼女はその勢いのまま、地面に転んでしまった。

開いていた彼女のランドセルから、教科書やノートが地面に散らばり、その手に抱えていた荷物も散乱する。

炎天下、両手に馬鹿みたいに荷物を持って、よろけるように歩いていたのは舞原陽凪乃だった。痛みに顔を歪《ゆが》め、彼女は右足首を押さえる。

一学期最後の体育でやったドッヂボールで、彼女は一人、集中して狙《ねら》われていた。先生は見て見ぬ振りをしていて、何度転んでも、外野に行っても、ボールをぶつけられ続けていた。授業後、教室に戻る彼女が足を引きずっていたのを記憶している。

「足、捻《ひね》ってるの？」

「あっち行って」

「何でこんなに荷物を持ってんだよ。少しずつ持ち帰れって言われてたじゃないか」

書道道具、家庭科の裁縫箱、リコーダーに体操着、ランドセルの中には蓋《ふた》も閉まらない量の教科書が詰め込まれていた。こんなに一度に持ち帰れるはずがない。

「関係ないでしょ。放っておいてよ」

「方向一緒だから、半分持つって。足、怪我《けが》してるんだろ？」

散らばった彼女の道具を手にしたところで、思いっきり睨《にら》まれた。

「放っておいてって言ってるじゃない！　触らないでよ！」

何だよ、こいつ。人が親切にしようとしてるのに、こんな奴《やつ》だったのか？

「僕がどうして言うことを聞かなきゃいけないわけ？」

手助けするかしないかを決めるのは、こいつじゃない。散らばった教科書を集め、彼女が摑《つか》んで離さない、一番重たい荷物の書道道具に手を伸ばすと、

「やめてって言ってるでしょ！」

体当たりするようにして突き飛ばされた。尻餅《しりもち》をついてしまい、彼女を睨みつける。しかし、その顔に浮かぶ涙を見て、言葉を失った。

真夏の光の下で、舞原陽凪乃は泣いていた。

「気まぐれに優しくしないで！　どうせ夏休みが終わったら、また私を無視するんでしょ？　だったら優しくなんかしないでよ！」

「何言ってるの……」

「一回、優しくされたら期待しちゃう。助けて欲しいって思ってしまったら、もう耐えられない。もう嫌！　この村も、あの学校も、何もかもが怖い。怖いの！」

慟哭《どうこく》するように彼女は叫び、僕はその時、この世界に一つでも守らなきゃならないものがあるのだとしたら、それは少女の涙なのだと思った。

「中途半端な優しさって、一番残酷なの。君は酷《ひど》いよ」

うだるような灼熱《しゃくねつ》の太陽を仰いで。

その時、僕は心の位置を知った。

蜃気楼《しんきろう》のように揺れながら泣く彼女は綺麗《きれい》で、その涙を守りたいと思った。泣きながら抗議する彼女を無視して、その荷物を手に取る。

「もう君を無視しない。今、そう決めた」

「適当なことを言わないで」

「一緒に帰ろう。歩くのが辛《つら》いなら肩を貸すよ」

誰に何を思われても構わない。誰かがそこで泣いていて、差し伸べる手を持っているのに、それを控えるなんてことは出来ない。

「誰かに見られたら君も……」

「言ったでしょ。もう無視しないって決めたんだよ。嘘《うそ》はつかない」

呆気《あっけ》に取られたように見つめる舞原陽凪乃の手を引いて歩き出す。

繋《つな》いだ手は驚くほどに冷たくて、その指先は折れそうなほどに華奢《きゃしゃ》だった。

太陽の名前を持つ彼女と手を繋ぎながら、春に読んだ北欧の童話を思い出す。

フィンランドの北部では、夏になると太陽が沈まない白夜が七十三日間も続くらしい。そして、冬には相対するように、カーモスと呼ばれる太陽が地平線上に昇らない時期が五十一日間も続く。

きっと、舞原陽凪乃がこの村で経験していたのはカーモスの日々だった。朝焼けは見えても、太陽の輪郭に触れることが出来ず、凍えたままの夜を繰り返す。

誰かが光で照らさなければならない。

彼女の頭上に、沈まない太陽の光を翳《かざ》すのだ。

2

丘の上の大屋敷は麓から見上げたことがあったが、間近で目にし、その迫力に圧倒される。和を基調とした巨大な壁と門に囲まれた舞原陽凪乃《まいばらひなの》の自宅は、この村で一番大きな屋敷で間違いないだろう。

繋いだ手を離し、門を開けると、彼女は中に入るよう促してきた。

恐る恐る後に続くと、白い砂利が敷き詰められた海のような庭園が広がっていた。奥に佇む屋敷には色鮮やかなカーテンがかかっていたが、すべて閉じられ、人の気配が感じられない。

「上がっていって」

そう言うと、彼女は返事を待たずに、奥に続く廊下を進んで行ってしまった。どうして良いか分からずにスノーグローブの並ぶ玄関で待っていたら、

「誰もいないよ。遠慮せずに上がって」

両手にコップを持って彼女が戻って来た。

「喉、渇いてるでしょ？　カルピスだけど」

差し出されたコップを受け取る。

炎天下の中、大荷物を手にここまで来たのだ。喉はカラカラだった。

案内されたリビングは広く、邸宅の外観にそぐわない内装の洋室だった。

「お父さんもお母さんも仕事？」

「うん。二人とも帰って来るのは、いつも九時過ぎなの」

「ご飯とか、どうしてるの？」

「我慢出来なくなったら、お菓子を食べたりするよ。でも、一人で食べてもつまらないし、いつもは待ってるの」

学校でも、家でも、そのほとんどの時間が一人なのか……。

「一緒に遊んでくれる妹が欲しいんだけど、お父さんもお母さんも忙しいから、もう子どもは作らないんだって」

「いつも家で一人じゃつまらないでしょ」

「猫を飼って欲しいって頼んでるんだ。それでね、お母さんと約束したの。今年、最後まで学校を休まなかったら、飼っても良いんだって」

きっと母親は彼女が学校で受けている仕打ちを知らないのだろう。担任を含めて教師たちも舞原家のことを敵視している。彼女自身がイジメを打ち明けない限り、両親にさえこの惨状は伝わらない。

こんなにも苦しんでいるのに、母親との約束を守るために虚勢を張って……。

暖炉の向かいにガラスケースがあり、所狭しと小さな機械が並んでいた。

「あれは何？」

「オルゴールだよ。お母さんの趣味なの」

陽凪乃はガラス扉を開け、取り出した一台を僕に差し出す。

「これ、私のお気に入りなんだ」

タイトルが前面に刻まれていたが、英語なので読めなかった。

「"Bridge over Troubled Water"」

彼女の唇から異国の言葉が発せられ、オルゴールがその曲を奏で始める。ピンが振動板を弾《はじ》く度に音色が宙で弾け、繋がれた音が鼓膜の奥へと滑り落ちていった。

「サイモン&ガーファンクルの『明日《あす》に架ける橋』って曲なんだ」

どうしてだろう。初めて聴いた曲なのに、不思議と胸が躍っていた。

「これは友達の歌なの。どんな困難があったとしても、傍《そば》で支えてくれる友達の歌なんだ。今の私には、そんな子、一人もいないけど……」

哀《かな》しそうに呟いた後で、彼女は無理やり笑顔を作った。

「新潟市に住んでいた時はね、ジュニアユースのチームに入っていたの。女子チームもあって、そこに所属してたんだ」

田舎じゃ考えられない話だが、新潟市まで行けば女子だけのチームもあるらしい。

「私、フォワードだったんだよ。あーあ。ボールが蹴りたいなー。もう壁に向かって一人で蹴るのは飽きちゃった」

「じゃあ、夏休みの間、僕がここに来ようか?」

その提案を受け、陽凪乃は息をのむ。

「駄目だよ。君、さっき嘘はつかないって言ったじゃん」

「嘘じゃないよ。部活の後になるけど、それでも良ければ、ここに来るよ」

「……見つかったら君もイジメられるよ」

僕には誰かに嫌がらせをされた経験がない。だから、それがどんな痛みを伴うものなのかは想像するしかない。でも、仮にそれがどんな苦痛であったとしても、僕がイジメられる時は一人じゃない。陽凪乃も一緒だ。


それから、僕と陽凪乃の奇妙な夏休みが始まった。

彼女の自宅は大抵、いつ訪ねても陽凪乃一人しかおらず、高い壁に囲まれた庭の中で、足首の痛みが引いた彼女と、思う存分ボールを蹴りあう。

丘陵地に位置する舞原家の近くに民家はなく、どれだけ大きな声を上げても、僕らの交流が誰かに見つかるということはなかった。

部活が終わった後、どうして皆と遊ばないのか何度も尋ねられたが、僕は誰にも陽凪乃との交流を話さなかったし、彼女との約束を反故《ほご》にすることもなかった。

この時期は女子の方が発育も良い。僕よりわずかに背が高い陽凪乃は、トラップの技術も抜群だった。女の子に負けるのは悔しいが、認めざるを得ない。明らかに現時点で、陽凪乃の方が僕より技量が上だった。

部活が午前中で終わった日には、涼しくなるまで、彼女の家で録画された試合を二人で観る。彼女はポジションごとの動きから色々と説明してくれて、その一夏で僕は驚くほどに沢山《たくさん》の知識を吸収していく。彼女の的確なアドバイスを受け、夏の終わりには、どの六年生を相手にしても負けないテクニックを身に付けていた。

部活を終えてからも陽凪乃とボールを蹴っていたし、サッカーがどれだけ頭脳を使うスポーツなのか、陽凪乃との試合観戦で理解していく。

二十人というフィールドプレイヤーがいる中で、自分がボールを触っている時間なんてわずかでしかない。だからこそサッカーで大切なのは、ボールを持っていない時に何処にポジショニングするかだ。陽凪乃がユースで学んだというオフ・ザ・ボールの動きを、僕は彼女からどんどん吸収していった。

そんな風にしてサッカーばかりをしながら過ぎていった夏だったが、ずっと彼女と二人きりだったわけでもない。

彼女のお父さんとは会ったことがなかったけれど、お盆の間は彼女の母が自宅にいた。陽凪乃はブラウンの髪をしているが、彼女の母、陽葵《ひまり》さんは吸い込まれそうなほどの漆黒の髪をしていて、切れ長の目に長い睫毛《まつげ》を湛《たた》えた、とても美しい女の人だった。僕の母や村の小母《おば》さんたちと同じ生き物だとは、とても思えない。

「陽凪乃にもボーイフレンドが出来たのね」

嬉《うれ》しそうに言いながら、庭でボールを蹴りあう僕らを、陽葵さんは冷房のきいた室内から笑顔で眺めていた。趣味で集めているというオルゴールを耳元に翳しながら、優しく僕らを見守ってくれていたのだ。

3

「明日からは話しかけないで欲しい」

八月三十一日、夏休み最後の夜。

舞原《まいばら》家から帰ろうとした僕に、彼女が強い口調でそう言った。

必死に抗議したが、陽凪乃《ひなの》は聞き入れようとせず、翌日、登校して来た彼女は僕と視線すら合わせようとしなかった。隣の席にいるのに、昨日までと距離は変わらないのに、橋のない川でも流れているかのように空間が断絶している。

夏休みが終わっただけで、僕と陽凪乃の生活は百八十度変わってしまった。

陽凪乃は相変わらず酷いイジメを受けていて、僕にそれを助けることは許されていなかった。目の前で彼女が辛い目に遭っているのに、助けようとしても拒絶の眼差《まなざ》しが向けられる。強く歯を食いしばり、彼女は誰にも気付かれないように小さく首を横に振る。そして夜になると、何事もなかったかのように電話がかかってくるのだ。

部活を終えて帰宅し、夕食を食べ終わった頃を見計らったかのように、彼女は偽名を使って電話をしてきた。リフティング、今日は三百回出来たんだよとか、ヒールリフトが出来るようになったから、今度、見せてあげるねとか、あの誰もいない広い庭で練習していた内容を話してくる。それから最後に泣きそうな声で、こう頼むのだ。

『お願いだから、学校では絶対に私を助けないでね』

胸が張り裂けそうだった。優先順位なんてものが友情にあるとしたら、もう僕は誰よりも陽凪乃のことを大切に思っていたし、イジメられている彼女の味方でいたいのに、それを許してもらえない。

舞原陽凪乃は同年代の誰よりも強くて、誰よりも哀しい少女だった。

そして、事件はある日、何の前触れもなくやってくる。

それは激しい雨の降る、九月の第三週のことだった。

どんなに酷いイジメを受けていても遅刻をすることさえなかったのに、その日、転校して来てから初めて彼女の姿が学校になかった。昨晩は珍しく電話もなかったし、隣の席に陽凪乃がいないだけで、教室は光を失ってしまったかのように灰色だった。

そうやって迎えた昼休み。

怯《おび》えた様子の玲輔《れいすけ》に呼び出され、衝撃的な言葉を聞くことになる。

「昨日、兄貴たちのグループが、身代金目的であいつを誘拐した」

玲輔の十歳年上の兄は悪評高いはみ出し者で、どうしようもない連中とつるんでいる。小学生が絡まれるということはなかったが、近場の中学生や高校生がかつあげをされたとか、病院送りになったなんて話は、枚挙にいとまがない。

最近は場末の古びた歓楽街にたむろしていると聞いていたが、まさか陽凪乃が標的に選ばれてしまうなんて……。

昨晩、久しぶりに自宅に帰ってきた玲輔の兄は、酔った勢いで誘拐の件を漏らしたらしい。玲輔は兄が犯罪に手を染めたことに動揺し、同時に陽凪乃の身の上を案じていた。

舞原家がこの村で忌み嫌われていると言っても、僕らは大人たちの憤慨の影響を受けているに過ぎない。多くの男子がそうであったように、玲輔もまた彼女の美しさに見惚《みと》れていた男子の一人だったし、兄の暴挙に酷く戸惑っていた。

警察に話せば、お前を代わりに殺す。玲輔はそう脅されており、一晩悩んだ挙句、僕に相談することにしたのだった。

忘れてなどいない。あの日、真夏の太陽の下で泣いていた彼女の姿が、今も胸に焼き付いている。彼女の嘆く声が鼓膜を焦がしている。今度こそ僕が救い出す。兄を怖れる玲輔は、救出に同行することを拒んだが、少なからず責任は感じていたようで、協力を申し出てくれた。

一番良い方法は考えるまでもない。警察に何もかも話してしまうことだ。しかし、そんなことをすれば玲輔がどうなるか分からない。そして、どうしようもないほどに子どもだった僕は、陽凪乃をこの手で助け出し、彼女の笑顔を一番先に見たいと願ってしまった。

多分、僕はその時、既に舞原陽凪乃に深く甘い恋をしていたのだろう。

陽凪乃が監禁されているのは海辺のヤードだという。

高い柵で囲われた海端《うみばた》にある工場で、外国人労働者の出入りも多く見られた車の解体工場である。しかし昨年、ロシアへの盗難車密輸の拠点となっているとの疑いから、警察の捜査の手が入った。やがて拳銃の密輸までもが発覚し、ヤードの経営者が逮捕されて以降は廃墟《はいきょ》となっている。しばらく前から玲輔の兄たちは、そこを根城にしていたらしい。

酷い雨のせいで部活が中止となった放課後、即座に帰宅すると、準備をしながら電話が鳴るのを待った。欠席者へのプリント配布と偽って、玲輔に舞原家へと向かってもらったのだ。そして、すぐに連絡が入る。

平日、陽凪乃の家には両親がいない。だが、チャイムを押すと、顔色を悪くした彼女の母が現れたという。さらに玲輔は門の中に私服姿の男が何人かいたのを目撃していた。夏の間、毎日遊びに行っていたから知っている。舞原家を訪ねる村人などいない。そこにいたのは警察か近親者のはずだ。

小学生の娘が一晩帰宅しなかったというだけで、警察に届け出るには十分過ぎる。この事態を異常と捉《とら》え、大人たちはもう動いているはずだが、彼らには陽凪乃の居場所を知る手段がない。

武装をして、陽凪乃が監禁されているヤードを目指した。海沿いの国道を避け、防砂林の中にある人気《ひとけ》のない小道を通って、目的地へと向かう。

きっと今、陽凪乃は一人きりで、屋根を叩《たた》きつける雨音を恐怖に耐えながら聞いているに違いない。僕が救ってみせる。何があっても彼女の味方でいる。もう二度と一人きりで泣かせたりしないと誓ったのだ。

防砂林の隙間から、ヤードをぐるりと囲う錆付《さびつ》いた背の高い鉄柵が見えた。手入れがされていないせいで伸び放題の雑草たち、その向こうに四角い巨大な建物がそびえている。入口は逆側なのだろうか。見える位置には人影もない。

防砂林を抜けると、再び横殴りの豪雨が身体《からだ》を濡《ぬ》らしていった。ここから先、もう傘は必要ない。傘を砂浜に突き立て、鉄パイプを強く握り締める。

あの頃……。

その先に待ち受ける未来を想像する力もないほどに、僕は愚かな子どもだった。今度こそ彼女をこの手で救い出す。自分にはそれが出来ると、理由もなく信じられる程度には子どもだったのだ。

4

目覚めた時、最初に感じたのは、頬に当たる冷たい床の温度だった。

何をしたって届きそうにない高い位置にある窓から、薄明かりが差し込んでいる。放射線の中を埃《ほこり》がゆらゆらと揺れ、むせ返るような湿度に満たされた室内には、錆びた鉄と油の匂いが充満していた。節々の痛む身体を支えながら、上半身を起こすと、

「一颯《いぶき》君！」

薄暗い闇の向こうから陽凪乃《ひなの》が泣きそうな顔で手を伸ばしていた。

「僕は何を……」

「あいつらが気絶している一颯君をここに連れて来たの。良かった。このまま目を覚まさなかったらどうしようかと思った」

首の辺りが寝違えたように痛んでいたが、少しずつ記憶が蘇《よみがえ》っていく。

勇み足で乗り込んで来たものの、入口には見張りが立っていた。何処かに抜け道があるかもしれないと、慎重に周囲を探っていたはずだったのに、彼らに見つかってしまい、用意していた武器を使う暇もなく捕まってしまったのだ。

首元を絞められて、あっけなく意識を失い、気付けばここにいた。ずっと安否を心配していた陽凪乃とようやく会えた。ようやく会えたというのに……。

「ここはヤードの中だよね？」

「ヤードって何？」

「海辺にある車の解体工場のこと。廃墟になっていたはずなんだけど」

「それで、こんなに油の匂いがするんだね。ねえ、どうして私たちはこんなところに閉じ込められたのかな？」

陽凪乃は自らが誘拐されたという意識を持っていなかった。犯人グループの誰も監禁の目的を話さなかったのだろう。玲輔《れいすけ》から聞いた事情を告げると、舞原《まいばら》家に対する村民の反感を改めて思い知ったのか、陽凪乃は泣きそうな表情を見せた。

「大丈夫だよ。すぐに助けは来る。日本じゃ誘拐事件はほとんど成功したことがないって聞いたことがあるし、玲輔が陽凪乃の家に人がいるのを見てるんだ。もう警察が動いてるんだと思う。だから……」

「今は信じるしかないよね。これ、私を閉じ込めた人が投げていったの」

陽凪乃が取り出したのは、二袋のパンと五百ミリのペットボトルに入ったミネラルウォーターだった。ペットボトルの中身は半分ほどに減っている。

「昨日、この中を歩き回ってみたけど、出口は全部鍵をかけられているし、ほかに食べられそうな物はなかった」

言われて初めて自らの空腹に気付く。給食を食べて以来、何も口にしていない。

「私はお腹空《なかす》いてないから、一颯君が食べて良いよ」

「……ありがと。……でも、もうちょっと我慢してみるよ。万が一を考えておいた方が良いと思うし」

僕がヤードに向かったことは玲輔が知っている。必ず救出の手は差し伸べられるはずだが、失敗に終わる可能性だってないわけじゃない。

月の角度が変わってしまったからか、薄明かりさえも乏しくなってきた頃。

「一颯君。まだ、起きてる？」

壁に背中を預けてぼんやりしていたら、両腕で膝を抱えていた陽凪乃が、小さな声で尋ねてきた。

「起きてるよ」

「寒くない？　……近くに座ったら駄目かな？」

「別に構わないけど」

ほんの少し前まで暑くて敵《かな》わなかったはずなのに、九月になり、新潟の夜はあっという間に冷え込むようになってしまった。

腕が触れるか触れないか、そんな距離に陽凪乃が腰を掛け、僕は着ていたパーカーを脱ぐと、二人の膝の上にかける。

お互いの呼吸の音だけを聞きながら、ただ、ひたすらに朝を待つ。

やがて静かに陽凪乃が眠りに落ちて、傾いた彼女の頭が僕の肩の上に乗った。

人の頭って、あったかいんだな。そんなことを思いながら、まだ明けそうにない夜と、いつまでも見えない月に想《おも》いを馳《は》せていた。

5

もしかしたら僕の予想は甘過ぎる希望的観測だったのかもしれない。そんなことに気付いたのは、二度目の朝を迎えた頃だった。

空腹のせいで、胃が経験したことのない苦痛を訴えている。

ペットボトルの水を数度、口に含んだものの、残っている二袋のパンには手をつけていない。こんなにも救いの手が遅くなると予期していたわけじゃなかったけれど、わずかな食料を大切にしていて本当に良かった。

夜と明け方の寒さのせいもあるのだろう。陽凪乃《ひなの》は風邪《かぜ》を引いてしまったのか、時折、咳《せ》き込むようになっていた。

今頃、僕らを監禁した犯人たちは何をしているんだろう。

ここに閉じ込められた直後は、彼らの怒りを買うことを恐れて大人しくしていたが、まったく人の気配を外部に感じないため、定期的に助けを求める叫び声をあげている。しかし、近隣施設から隔絶した海端に位置しているせいか、誰かに気付かれることはなかった。

二日前、陽凪乃を助けに来た時には見張りがいたけれど、僕らを放置して、別の場所へと移ったのだろうか。

手の届かない高さに設置されている小窓から、淡い陽射しが差し込んでいる。

冷たい床の上に仰向《あおむ》けになり、光の柱の中で緩慢に揺れる埃を見つめていた。

鉄錆と油の匂いで満ちたヤード内の空気は淀《よど》んでいて、その流れさえ怠惰だ。

ゆらゆらと揺れる埃と、正確なリズムを刻む彼女の呼吸。首だけ巡らせて視線を隣に向けると、壁にもたれかかったまま陽凪乃が目を閉じていた。

舞原陽凪乃《まいばらひなの》は、とても美しい少女だ。彼女を形作る輪郭を見つめるだけで、僕の胸は詰まり、息も出来ないほどの感情に支配される。

太陽が西の空に沈み、再びヤードで迎える夜がやってくる。

日が沈む前に何度も助けを呼び求めたけれど、依然として変化はなかった。救出を求める声はすべて無駄に終わり、疲労だけが倍加する。

「……花火が上がっているね」

気付けば、鼓膜に打ち上げ花火の音が届いていた。

「そっか。今日は水上花火の日だ」

「……楽しみだったのになぁ。水上花火って海に向かって打つんでしょ？」

「うん。海の上に花火の半円が広がって、残りの半分は水面に映るんだよ」

水産資源以外に特徴らしい特徴がない朝霧《あさぎり》村において、水上花火は観光客を集める唯一と言って良い風物詩だった。この村で生まれ育った人間には何の珍しさもない晩夏の祭りだが、陽凪乃にとっては胸を躍らせるようなものなのだろう。

「……ねえ。一颯《いぶき》君」

陽凪乃の声には力がこもっていなかった。

時を追うごとに、彼女の咳は少しずつ深く重たいものになっている。

「来年も私がこの村にいたら、一緒に水上花火が見たいな」

「良いよ。案内してあげる」

「本当に？」

「約束するよ。来年も、再来年も、花火が上がる限り、連れてってやる」

陽凪乃は小さく笑った。

「あんまり大袈裟《おおげさ》な約束をしちゃ駄目だよ」

「大袈裟じゃないよ。来年は一緒にお祭りへ行こう」

僕の手を握る彼女の力が、少しだけ強くなった。

「ありがと。何だか一颯君には勇気づけられてばかりだね。……そうだ。じゃあ、お礼におでんを買ってあげる」

「おでん？」

「うん。屋台で食べるおでんって美味《おい》しいんだよ。あれってどうしてなんだろう。暑い時期に食べるのが珍しいからなのかな」

確かに寒い季節にばかり食卓に並ぶ気がする。祭りの会場で食べた記憶もない。

「食べ物の話をしたら、空腹を思い出しちゃった。考えないようにしてたのに」

困ったように笑う陽凪乃の声を聞きながら、未来に想いを馳せていた。

泣きたくなるくらいに今は無力だけれど、いつかの未来では彼女を守れるような強さが欲しい。そういう大人になりたかった。


花火の打ち上げが終わったのは、もう何時間前だろう。

ヤードの上部についた小窓から、今日も薄い月明かりが差し込んでいる。

「……一颯君。知ってる？　今日は満月なんだよ。この村に引っ越して来て嫌なことが沢山あったけど、空は好きだった。ここから満月が見られたら良かったのにな」

月明かりは差し込んでいるが、月そのものは見えない。

「……満月だって、すぐに見えるようになるよ」

次の打ち上げ花火を見るには一年待たなければならないが、満月なら一ヶ月後にはまた昇る。陽凪乃は冷たい地面に寝そべると、右手の人差指で宙を差した。その細く白い指が、すーっと弧を描き、

「ここにね、本当は天の川が見えるの」

「天の川？」

「うん。一颯君は天の川を眺めたりしない？」

「……意識して見上げたことはないかもな」

彼女の隣に寝そべって、ただ真っ黒なだけの天井を見上げる。

「陽凪乃と喋《しゃべ》ってると、自分は何も知らないんだなって気付かされる。満月だって、天の川だって、今日まで僕にとっては特別なものじゃなかった。でも、きっと次からは映り方が変わるんだろうなって思う」

僕が気付いていなかっただけで、この世界には美しいものが本当は初めから沢山あった。陽凪乃と生きていけたとしたら、そういう一つ一つを思い知るのだろう。泣きたくなるほどの感動と共に、世界を知っていけるのだ。

「満月も天の川も早く見れると良いね」

「水上花火もね」

「……出来たら一緒に」

「……うん。……そうだね。一緒に」

明け方がきても、陽凪乃の咳は止まらなかった。

彼女は僕より一日早く監禁されているから、これでもう丸四日だ。

僕らがここにいることは、犯人たちを除けば、玲輔《れいすけ》しか知らない。あいつが警察に告げ口してくれること、すがれそうな希望はそれしかない。しかし、玲輔の兄の性格を思い出せば、その期待はむなしいものに変わる。躊躇《ちゅうちょ》なく小学生を監禁し、捨て置くような奴らだ。危害は弟の身にだって容易に及ぶだろう。ヤードへの同行を拒んだように、玲輔は誰にも言わないかもしれない。

遅かれ早かれ限界はくる。それまでに助けの手がなければ僕らは……。

「ねえ、これ、食べて」

ぐったりと壁に寄りかかりながら、彼女にパンを差し出す。

僕の言葉に陽凪乃は弱々しく微笑《ほほえ》み、それから首を横に振った。

「私は良いよ。男の子なんだから一颯君が食べて。お腹、鳴りっぱなしじゃない。ちゃんと食べないと、助かった後でボールを蹴れないよ。部活も休んでいるでしょ？せっかく皆を追い越したのに」

陽凪乃は緩慢な動きでパンの袋を取り、何度か失敗してから封を切った。

「はい。食べなさい。命令だよ」

無理やりパンを口元に押し付けられ、香ばしい匂いに胃が鋭く刺激された。

駄目だ。もう我慢出来ない。むしゃぶりつくようにパンを口に入れ、ほとんど食べてしまった後で我に返る。

「ごめん。僕ばっかりこんなに食べちゃった。残りは君が……」

「ううん。私は本当に食欲がないの」

「駄目だよ。風邪だって引いているのに、食事まで抜いちゃったらもたないよ。助けが来るまで元気でいられるように、ちゃんと食べなきゃ……」

「きっと、もうすぐだよね。だから、私は一切れだけで大丈夫」

陽凪乃は申し訳程度に欠片《かけら》を千切って口に入れた。

残されたパンを見つめながら、自分の弱さを噛《か》み締める。

陽凪乃は僕より一日長く閉じ込められているが、その間もミネラルウォーターしか飲んでいない。その水だってペットボトルの半分ほどだ。どう考えたって彼女の方が空腹なはずなのに、僕は陽凪乃の強さに甘えてしまう。残された欠片を、彼女の気持ちが変わらないうちにと口に含んでしまう。僕はとても弱い男だ。陽凪乃を助けに来たはずなのに、気付けば助けられているのも、支えられているのも僕でしかない。

次第に高くなっていく太陽の光を浴びながら、パーカーを脱いで、床に横たわる陽凪乃の上にそっとかける。

それが偽善でしかなくても、彼女に優しくしたかった。

僕に出来ることを一つでも多くしてあげたかった。

6

最後のパンと、わずかに残った水を飲み干してから、二日が経《た》っていた。

昨日から僕らは立ち上がれず、ずっと冷たい床の上に横たわったままだ。陽凪乃《ひなの》の体調は悪化するばかりで、刻々と呼吸が苦しみの色に染まっていく。子どもじゃなくても現状は理解出来る。分かりやすい飢餓という形で限界が近付いていた。

もう助けを叫び求める気力すら残っていない。例えば誰かの気配を外に感じたとしても、この声を届ける自信がなかった。

多分、僕たちはその時、死の足音を聞いていたのだろう。

絶望は思考力を奪い、冷えていく希望は、いつしか空腹さえも忘れさせる。

「……また、『明日に架ける橋』が聴きたいなぁ」

彼女の声はかすれ、泣きたくなるほどに力がなかった。それでも、僕たちがまだ生きていることを、指先に触れる温《ぬく》もりが教えてくれる。

「ねえ、一颯《いぶき》君って……好きな人……いる？」

聞こえてきた声は弱々しいけれど、僕の指先を握り締める彼女の力は、少しだけ強さを増した。

「……多分、いると思う」

だって、僕はずっと君のことばかり考えているから。

「それは……クラスの人？」

「……うん」

「その人は一颯君のこと……好きなのかな？」

「さあ、分からないよ」

「……好きだと良いね」

僕はどうしようもないほどに子どもだ。恋という言葉は知っているが、何をもって恋と断じるのかまでは分からない。だけど、誰かを守りたいと願う気持ち、それが好きという感情なのだとしたら、僕の夏は陽凪乃への恋で埋め尽くされている。

「ねえ……一颯君は、いつか結婚したい人？」

「そりゃ、いつかは」

「……何歳までにしたい人？」

「……うーん。じゃあ、二十七歳？」

結婚なんて何の現実味もない言葉だが、僕は両親の幸せそうな姿を知っている。漠然と、あんな風な大人に将来は自分もなるのだろうと考えている。

「じゃあさ……もしもだよ。もしも一颯君が……二十七歳になって……それでも結婚出来ていなかったら………私が、もらってあげるね」

苦しそうに吐息を漏らしながら、切れ切れの声で陽凪乃はそう言った。

「心配してくれてありがと」

「一颯君は私を……一人で助けに来てくれたから」

結果はこの様《ざま》なのに、彼女を救うどころか、わずかな食料もほとんど食べてしまったのに、陽凪乃は責めもせずに感謝をしてくれる。

「だから、約束して」

僕の小指に、陽凪乃は自分のそれを絡めてきた。

「もしもね、私が……将来、結婚出来なくて一人ぼっちだったら……その時は、一颯君がもらってよ」

「……分かった。良いよ」

「本当に？」

「ああ」

「……ありがと。……やっぱり、一颯君は優しいなぁ」


二人の呼吸がいつまで続いていたのか。

僕は知らない。

暗闇の中、やがて僕らは静かに意識を失った。

第一話

陽の当たる教室で

1

十八歳、桜吹雪の舞う卯月《うづき》の候。

大学進学を機に初めて実家を離れ、東京の街に降り立った。

これから四年間、僕はこの下町で暮らしていく。

後期試験で合格を決めたこともあり、大学近辺の下宿先はほとんど埋まっていて、最終的に契約したのは、学校から離れた位置にある木造の古いアパートだった。窓を開けて眼下を見下ろせば、お世辞にも綺麗とは言えない浅い川が流れている。

キャンパスまでは徒歩で三十分。学校帰りに友人が気軽に遊びに訪れられるような距離ではないが、いつしか友達の作り方さえ忘れてしまった僕にとっては瑣末《さまつ》な問題でしかない。オリエンテーションでサークル勧誘のチラシを数え切れないほどに受け取ったけれど、華やかな輪の中に入っている自分の姿は想像も出来なかった。

小学五年生の真冬に、僕たち家族は朝霧《あさぎり》村から新潟市へと引っ越すことになった。

振り返ってみれば、監禁事件があったあの年、舞原陽凪乃《まいばらひなの》と別れた日から、ずっと一人きりだったのかもしれない。サッカーもやめてしまったし、中学でも、高校でも、ずっと一人で過ごしてきたように思う。

座席の決まっている講義もなければ、他の学生との共同作業が自然発生するような学部でもない。隣り合った誰かに理由もなく話しかけるなんてことはしないし、話しかけられるということもなかった。

何もない灰色の毎日。哀しみもないかわりに、滾《たぎ》るような喜びもない。

平日は大学で講義を聞き、休日には課題をこなす。ルーチンワークを消化するだけの日々だ。僕は読書もしないし、テレビゲームだってやったことがない。時間の潰し方にさえ戸惑うような、何処までもむなしさに満ちた毎日だった。

退屈な講義に飽きて、集中力の切れた頭で、ぼんやりと視線を宙に移す。

講堂の天窓から穏やかな皐月《さつき》の陽射しが差し込んでいた。

放射する光の柱の中で、ゆらゆらと無数の埃が揺れている。

どれくらい呆《ほう》けていただろう。不意に目の奥で眩《まぶ》しい光が弾け、後頭部に刺すような痛みが広がった。

閃輝暗点《せんきあんてん》。中学生の頃から偏頭痛を患うようになっていたが、いつしか常用していた薬から離れ、それ以降は苦しめられていなかったのに……。

目を閉じると、瞼《まぶた》の裏で幾つかの記憶が蘇った。


それは八年前、十一歳になった九月の思い出だった。

監禁されたヤードで飢えにやられ、冷たい床に横たわったまま、放射する光の中で揺れる埃を見つめ続ける。そうやって幾つかの夜を越え、意識を失った僕らが救出されたのは、監禁から一週間後のことだったと聞く。

村にあった唯一の総合病院、そのベッドで目覚めた時、僕は点滴の管と酸素チューブで縛られていた。衰弱しきった身体を癒《いや》すために、十日ほどの入院生活を送ることになり、そこで陽凪乃の安否を知る。どうやら彼女は別の小さな病院に収容されていたらしい。舞原家は村民の憎しみの対象だったため、当時、最も設備が充実していたあの総合病院には収容されなかったのだ。

ようやく退院し、やっとの思いで登校を再開したのに、僕を取り巻く環境には明確な変化が生じていた。

何処から噂《うわさ》が立ち、誰が吹聴したのだろう。陽凪乃が玲輔《れいすけ》の兄たちによって誘拐されたこと。救出に向かった僕が捕まり、二人で一週間にわたり監禁されていたこと。学校中の人間がそれを知っていた。そして、退院後の僕らに対して、遠慮のない拒絶の眼差しが向けられるようになる。

彼女は被害者なのに、復帰を果たしても教師に気遣われることさえなかった。陽凪乃へのイジメは物理的な嫌がらせから完全なる無視へと代わり、それは僕にも及ぶ。平々凡々な村で起きた未曾有《みぞう》の大事件に関わった僕らは、その存在を徹底的に抹殺されていく。

登校を再開した日、玲輔は気まずそうな顔で頭を下げに来た。兄が怖くて、僕らが監禁されている場所を最後まで誰にも話せなかったのだという。つまり、僕らの救出は、最初から最後まで警察の手柄によるものだったのだ。

玲輔に対する怒りはない。あいつの兄のことは僕だってよく知っている。玲輔は玲輔なりの立場で協力してくれたのだ。あいつがいなければ、陽凪乃が閉じ込められている場所さえ知ることが出来なかった。

だけど、玲輔の中には明確な罪悪感と負い目が生まれていたのだろう。子どもの友情なんてものは、危ういタイトロープの上にある。

僕らの関係は緩やかに崩壊していき、その日を境に疎遠になっていった。

陽射しの良い教室の窓側、最後列。そこに誰からも必要とされない僕らがいた。

あの頃、僕たちは文字通りの意味で二人きりだったのだ。


あれから八年が経った今、僕の部屋には一台のオルゴールがある。

少しでも彼女と繋がっていたくて、中学生の時に必死で探した物だ。本当は『明日に架ける橋』が欲しかったのだけれど、見つけることが出来ず、結局、手に入れたのは、"Wednesday Morning, 3 AM" サイモン&ガーファンクルの別の曲だった。

『水曜の朝、午前三時』

歌詞を調べ、それが罪と後悔の歌だと知り、現実との相似性に苦笑する。

家族の事情で朝霧村から引っ越すことになり、陽凪乃と別れてから随分と長い時が経ったけれど、僕が生きているのは得体の知れない後悔に苛《さいな》まれる日々だった。


大学進学は両親に促されてのものだったが、東京での一人暮らしでは、単純に金銭的にかける負担も大きい。両親が金に困っている姿は見たことがないものの、自分で生活費を稼げるならば、それに越したことはないだろう。どうせ何一つやることなんてないのだ。五月の中旬から、放課後にアルバイトを始めることにした。最たる目的は時間を潰すことだ。時給にも職種にも希望はない。家から一番近くにあったコンビニで面接を受け、すんなりとアルバイト先が決まった。

コンビニチェーンにも直営店とフランチャイズ店があるらしく、僕が勤めたのは後者で、その店のオーナーは小さな自らの城の中で、何処までも傲慢《ごうまん》な王様だった。コンプレックスの固まりみたいな男だったオーナーから、ストレスの捌《は》け口のように連日嫌味をぶつけられる。その多くは理不尽なものだったが、増し加わった反感を買うと分かっているから、わざわざ異議を唱えたりはしない。従順で口答えをせず、言われただけの日数を働いているうちに、少しずつ重宝されるようになり、気が付けば一週間のうち六日ほどをバイト先で過ごすようになっていた。

僕は何のために生きているんだろう。

こんな歯車みたいな生き方に何の意味があるんだろう。

一人きりの部屋で罪と後悔のオルゴールを聴きながら、そんなことばかりを考えていた。このまま僕が野垂れ死んでも、世界には波風一つ立たないに違いない。むなしさだけが飽和した日々の中、僕という存在は今にも消えてしまいそうだった。

コンビニへと続く細い坂道は車の通れない狭い路地になっていて、老夫婦しか住んでいない長屋や廃屋になった民家など、古い家々が立ち並んでいる。

小雨が降り注ぐ文月《ふみづき》のとある夕刻のこと。

バイト先への小道を歩いていると、朽ち始めた廃屋の縁側下から、一匹の猫がこちらを睨みつけていた。首輪もしていない、薄汚れた毛並みを持つ三毛猫だった。

自分に向けられた冷たい眼差しを受けて、まだ十歳だったあの夏を思い出す。

『猫を飼って欲しいって頼んでるんだ。それでね、お母さんと約束したの。今年、最後まで学校を休まなかったら、飼っても良いんだって』

あの頃、陽凪乃が学校で受けていた仕打ちを知らなかった彼女の母は、残酷な約束を娘と交わしていた。想いと願いが裏腹な鎖となり、幼い彼女を縛り付ける。

彼女の母、舞原陽葵《まいばらひまり》さんは、穏やかな優しさと、健全な厳しさを合わせ持つ女性だった。子どもだった僕の目にすら、その包容力の向こうにある強い芯が容易に見てとれたし、陽凪乃は陽葵さんに対し、敬虔《けいけん》な怖《おそ》れを抱いていたように思う。

監禁事件のせいで皆勤は途切れてしまったが、僕が引っ越した後で、彼女の願いが叶《かな》うことはあったんだろうか。

傘を打つ雨音を聞きながら、廃屋の敷地に足を踏み入れても、三毛猫は縁側の下から逃げ出さなかった。濁ったような瞳が僕を真《ま》っ直《す》ぐに捉えている。

「お前、痩《や》せてるな。バイトが終わったらミルクを買って来てやるよ」

こいつが五時間後にもここにいる保証はない。僕の話が理解出来ているとも思えない。それでも何かを持って、もう一度、会いに来ようと思った。


アルバイトを終えると雨が上がっており、満天の星が広がっていた。

ミルクと紙皿を買い、再び廃屋の敷地に足を踏み入れる。街灯の光が差し込まないせいで、縁側の下はよく見えないが、紙皿を置いてミルクを注ぐ。生き物の気配は感じない。ただゴミを増やすだけの無駄な行為なのかもしれない。だけど多分、これはそういうことでもないのだろう。

腐食の進んだ縁側に腰を掛け、月を見上げる。

とうの昔に砕け散った記憶を拾い集めて、何処かの街で彼女も同じ月を見ているかもしれないなんて、そんなことを想うことでしか僕は生を実感出来ない。

弱々しい鳴き声が鼓膜に届き、視線を落とすと、いつの間に現れたのか、ミルクを注いだ紙皿の脇にあの三毛猫がいた。

「遠慮でもしてるの？ 飲んで良いんだよ。全部、お前の物だ」

夕方には気付かなかったが、尻尾が酷く傷ついている。

人間がいたら、落ち着いて食事をすることさえ難しいだろうか。縁側から立ち上がり、廃屋を出て行くことにした。

どうせ毎日、この小道は通る。ミルクが飲まれたかどうかは明日になれば分かるだろう。確認したいことが未来に生まれたのは、随分と久しぶりのことだった。

2

東京で目にする二度目の八重桜が散り、大学二年生になっても、陽射しの良い教室で僕は一人きりだった。

情熱を抱けない講義に耳を傾け、意味も感じないままノートに要点を書き写す。こうして学んだことは将来、少しでも何かの役に立つのだろうか。

誰かにとって意味のある存在になっている自分が想像出来ない。まどろみを誘う講義の声に耳を傾けながら、忘れられない秋の記憶を思い出していた。

小学五年生、舞原陽凪乃《まいばらひなの》と過ごしたあの年の二学期。

監禁事件の後も席替えはなく、窓際の最後列に僕らの座席は並んでいたが、彼女の欠席は増える一方だった。

クラスメイトに無視されているのは陽凪乃だけじゃない。彼女がいなければ、僕もまた居場所がない。サッカー部からも事実上の退部扱いを受けていたし、学校へ通うための気力は日に日に減退していき、毎日のように遅刻をしていた。

そんなある日、看過出来ない事件が起こる。

遅刻をして登校した三時限目が始まる前の休み時間、教室に足を踏み入れると、満ちていた喧騒《けんそう》が水を打ったように静まる。クラスメイトの眼差しが僕に集中する中、座席に向かおうとした時、視界の先にある異変に気付いた。窓際にあった陽凪乃の座席が消えている。席の隣にあったはずの陽凪乃の机と椅子がなくなっていたのだ。

「……何だよ、これ」

喉の奥から絞り出すようにして声を発する。

確かに、もう二週間ほど彼女は登校していない。だけど、引っ越したわけでも、クラスが替わったわけでもないのだ。僕は毎日のように放課後、陽凪乃と会っている。あの事件以降、電話さえ禁じられていたが、足が向かう先まで親が限定することなんて出来ない。陽凪乃は僕に何度も謝っているのだ。学校に通う勇気がなくてごめんねと、君を一人にしてしまってごめんねと、いつもそうやって謝っている。

陽凪乃の座席があったはずの空間に立ち、クラスメイトたちを睨みつける。

「誰が隠した？　誰が陽凪乃の席を隠したんだ！」

絶叫を上げたその時だった。

教室前方の扉が開き、その向こうから顔を出したのは、

「……陽凪乃」

赤いランドセルを背に、怯えたような眼差しで教室に足を踏み入れたのは舞原陽凪乃だった。彼女の視線はすぐに僕を捉え、自分の座席が消えていることに気付く。

言葉を届けるより早く、陽凪乃は泣きそうな顔をうつむいて隠し、次の瞬間には、きびすを返して廊下に駆け出していた。

「待って！　陽凪乃！」

彼女の後を追おうとしたところで、玲輔《れいすけ》に後ろから腕を強く引っ張られた。

「離せ。何のつもりだよ」

「それはこっちの台詞《せりふ》だ。一颯《いぶき》、目を覚ませよ。いつまで下らないこと言ってんだ」

右腕を強く振って、玲輔の手を無理やり振り払う。

「お前らは皆、そうやって他人事《ひとごと》みたいな顔をしていりゃ良いさ。僕は二度と陽凪乃を裏切らない。そう決めたんだ。邪魔をするな」


授業なんて関係なかった。誰に叱られたって、どんな罰を受けたって、陽凪乃の涙を守ることよりも優先すべきことなんてなかった。

彼女の自宅へと向かう河川敷を駆けて。

息が切れるまで、大切な彼女を追いかけて。

やっとの思いで追いついた時、陽凪乃は両膝に手を当てて肩で息をしていた。

秋の陽射しをいっぱいに浴びて、その涙を初めて見た、あの河川敷にいた。

「……追いつかれないと思ったんだけどなぁ」

僕を見て、困ったように笑う彼女が好きだった。

「私、足には自信があったのに」

「……逃がさないさ。もう一人で泣かせたくないんだよ」

世界に二人きりみたいだと思った。

この残酷で汚い世界に、僕と陽凪乃しかいないみたいだった。

陽光の下、僕たちは無力で、何処までも儚《はかな》い。そういう子どもだった。

その日を境に、陽凪乃は完全に不登校になる。

誰かが陽凪乃を傷つける度に、二人の関係性は強固になる。味方などいなくて構わない。陽凪乃さえいてくれれば、それで良い。あの頃、僕たちはそういう楽園で呼吸を続けていたのに……。

目を開ければ、目の前に広がるのは何の意味も持たない日常だ。

言われるがままアルバイトに入り、帰り道で野良猫に餌《えさ》をやる。そんな生活サイクルが始まってから一年が過ぎていた。

夜勤のスタッフは全員が男だが、日中はほとんどの従業員が女性である。昼間は主婦やフリーターが、夕方以降は高校生や大学生が多く働いている。

彼女、嶌本《しまもと》和奏《わかな》は夕方の時間帯に、六月から勤務し始めた小柄な少女だった。

必要最低限、業務以外での会話をしたことはないが、同じ大学に通う一学年下の後輩であるとオーナーから聞いている。

彼女はお世辞にも機敏とは言えない動作のせいで、毎日のようにオーナーから罵倒されており、休憩時間に控室で泣いている姿を見たのも一度や二度の話ではなかった。そんな姿を見せられていれば印象にだって残る。

コンビニでの客対応なんて、おざなりなものでもそうそう問題は起こらないが、彼女は声が極端に細いから、接客業には本質的に向いていないのだ。

この店は時給だって安い。辛辣な言葉を毎日浴びせられてまで続ける意味もないだろう。嶌本和奏はすぐに辞めると思っていたのだけれど、二週間が経ち、一ヶ月が経過しても、彼女はアルバイトを続けていた。

暑さもまだ落ち着かない八月中旬のこと。

近くで開催される有名な花火大会のために、ほとんどのアルバイトが日中から駆り出されることになった。去年もこの花火大会は経験している。控室いっぱいに在庫を補充し、駐車場にも特設のドリンク売り場を作って、一年で最も売り上げのある一日に対応していく。

夕刻前からレジに並ぶ行列は途切れず、飲み物も、お弁当も、お菓子も、どれだけ補充しても飛ぶように売れていく。眩暈《めまい》がするほどの忙しさの中で、あの低俗なオーナーまでもが怒鳴ることを忘れて客対応に追われていた。

忙しさが引いたのは午後七時半を過ぎた頃だった。

花火大会が始まり、打ち上げの音が響き始めると、客足もまばらになっていく。花火終了後には目の回るような忙しさがぶり返すが、しばしの小康状態である。

「順番に今のうちに休憩に入っておけ。まずは昼間から働いてる響野《きょうの》と蔦本だな」

乱れた陳列棚を直していると、オーナーからそう声をかけられた。

「それなりには売れたが、やっぱこの暑さじゃ、あの量のおでんは捌けなかったか。残しても仕方ねえし、今日はサービスだ。好きなだけ食って良いぞ」

これまで、オーナーはどんな廃棄品でも絶対に従業員には持ち帰らせなかった。よほど本日の客足に満足しているのだろう。

ころころと感情が変わる人だ。おかしな矛先が向く前に素直に従おう。

控室で制服を脱ぎ、言われた通りにおでんを頂くと、お店の裏手に出た。

そこは従業員が自転車を停められるスペースになっており、何処から拾ってきたのか、錆びたベンチが置かれている。店内は親会社の意向で控室も禁煙となっているため、オーナーや他の喫煙者たちは、ここで休憩を取るのだ。

狂ったような繁忙の中を、お昼から働き続けたせいだろう。勤務中は忙しさで疲れを感じる暇もなかったが、立ち止まってみれば肉体的な疲労も凄《すご》かった。

ベンチに腰を下ろし、おでんに口をつけていると、同時に休憩に入ったもう一人、嶌本和奏がやって来た。僕を見て戸惑うような眼差しを向けてきたが、打ち上げ花火の音が響き、彼女は空の向こうに目を移す。ベンチには二人で腰を掛けるだけのスペースが十分にあるのだが、このまま立っているつもりだろうか。

「疲れているでしょ？　座ったら」

空を見つめたままの彼女に声をかける。

「……良いんですか？」

「今のうちに、きちんと休んでおいた方が良いよ。花火が終わったらまた忙しくなるからさ。去年も十一時くらいまでは客足が途絶えなかった」

「……はい。じゃあ、すみません。失礼します」

か細い声で断りを入れ、彼女は遠慮がちに隣に座ってきた。

目の前に立つ家々の隙間に、ちょうど打ち上げ花火が上がっている。

不意に小学生の頃の記憶と、舞原陽凪乃《まいばらひなの》の声が蘇った。

『じゃあ、来年は一緒に花火を見よう。季節外れのおでんでも食べながらさ』

思い出しただけで恥ずかしくなるような子どもの約束だったが、あの頃の僕たちが本気でそんな未来を夢見ていたことは、否定しようもない事実だ。

あの日の約束は、僕の引っ越しのせいで叶うことがなかったけれど……。

「花火、綺麗だね」

吐露するように呟くと、嶌本和奏は身を乗り出すようにして体勢を変えた。

「見えますか？」

彼女は眼鏡《めがね》の奥で目を細める。視力が悪いのだろうか。

鳴り響く音と共に、民家の隙間には色取り取りのスターマインが上がっていた。

ぼーっと花火を見つめていたら、同じ方角に目をやっていた彼女が口を開く。

「先輩はどうしてこのお店でアルバイトをしようと思ったんですか？」

彼女から声をかけられたのは初めてな気がする。

「しいて言えば暇潰しかな。と言うか、僕が大学の先輩だって知ってたんだね」

「講義で見かけたことがあります」

「そうなんだ？」

「同じ学部ですから」

そっか……。

あまりにも周囲に関心がなさ過ぎて、そんなことすら今日まで知らないままだった。遠くから会釈でもされていたらどうしよう。無視をしたみたいなことになっていなければ良いのだが。

「そっちはこの店でアルバイトを始めたのはどうして？　毎日のようにオーナーに怒鳴られてるじゃない。すぐに辞めると思ってた」

不安そうに両手の指先を合わせて、彼女はうつむく。

「……私、自分に自信がないんです」

それはまあ、見ていれば分かる。

僕もそんなに大差のないカテゴリーにいる人間だから。

「人前に出ると緊張で動けなくなってしまうことが多くて。そんな自分を変えたくて、接客の出来るアルバイトを選びました。コンビニの店員なら絶対にレジ打ちをすることになるじゃないですか？　『いらっしゃいませ』とか『ありがとうございました』とか、当たり前の言葉を言える人間になれたら良いなって、それで……」

「それなら随分と変わったと思うよ」

「……そうですか？」

「入ってきたばかりの頃は、本当に声が小さくて、何を言ってるか分からなかったもの。でも、今の君は十分立派にやってると思う」

思ったことを素直に口に出しただけだったのに、琴線にでも触れたのか、彼女は大きく目を見開いた。

「……ありがとうございます」

消えそうな声で告げられた感謝の言葉を聞いた後で、仕事場に戻ることにする。

「じゃあ、僕は先に戻るよ。まだ時間はあるから、君は花火を楽しんで」

折り返し地点を過ぎたとはいえ、この後、再度の繁忙が僕らを待っている。

一年で最も忙しい一日を終え、いつものように野良猫の餌を買った帰り道。

蓋を開けた缶詰を足下に置いて、朽ちた縁側に腰を掛け、月を仰ぐ。

満月を眺める度に、嫌でも思い出す言葉があった。


『花火、結局、二人で見れなかったね』


九年前の師走《しわす》。

曾祖父の代から続いていた漁師を辞め、新潟市で再就職すると父が言い出した。

先祖代々の土地を離れるという重大な決定のために、両親や祖父母の間でどんなやり取りがあったのかは分からない。ただ、僕が知った時には既に祖父母も父の意向を承知しており、何もかもが早送りでもしているように決定されていった。

船を隣人に売り、あっという間に両親は新しい住居を見つけてくる。

その頃、僕と陽凪乃は夜になると、毎日のようにお互いの家を抜け出して会っており、目的地のない闇夜の冒険を繰り返していた。

引っ越し前日の夜、別れを告げると、彼女は花火を見ることが出来なかったことを哀しんでから、やっぱり離れたくないと、泣きながら言ってくれた。

「一颯《いぶき》君に行って欲しくない。君と離れたくないよ」

鼓膜に染みていく言葉と、世界で一番美しい少女の涙。

覚悟を決めるには、それで十分だったのだろう。

「……分かった。行かないよ。僕はここに残る。陽凪乃を一人にしない」

あの頃、愚か過ぎる子どもだった僕は、本気でそう思っていた。

「引っ越しの隙に逃げ出して、朝霧《あさぎり》村に残る」

「……そんなこと出来るの？」

「家の買い手は決まってないみたいだし、今日、家に帰ったら生活に必要な荷物を縁の下に隠して、一人で暮らせる準備をする。きっと何とかなるよ」

僕は本当に馬鹿だ。小学生の浅はかさと生まれ持った愚かさで、現実も見ずに果たせない約束ばかりを繰り返してしまう。


引っ越し当日、見送りに訪れたクラスメイトは誰一人いなかった。

陽凪乃を庇《かば》っていた数ヶ月で、教室では完全に孤立している。僕の引っ越しを惜しむ友人なんて既にいないのだ。

どうしても引っ越し用トラックの荷台に乗ってみたいと伝え、出発後、信号待ちの隙に飛び降りる。微塵《みじん》も迷いはなかった。家族よりも彼女の方が大切だった。彼女の笑顔を守ることだけが、幼い僕のすべてだったのだ。だけど……。

子どもの逃亡劇など長くは続かない。

翌日の夕刻には、追手となっていた叔父に見つかり、縁の下から引きずり出される。

たった一日も持たずに、愚かな逃亡生活は終わりを告げる。

強制的に車に乗せられ、最初から最後まで見張られながら、陽凪乃に別れを告げることさえ許されずに、今度こそ僕は朝霧村から引き剝《は》がされた。


十一歳、小学五年生の真冬。

それが僕と舞原陽凪乃の別れだった。

3

朝霧《あさぎり》村からの引っ越しの日。

結局、逃亡生活は一日も続かなかったわけだが、その日の真夜中、厚手のコートを羽織って陽凪乃《ひなの》が一人で訪ねに来てくれた。

将来の展望なんて何一つないまま、冷たい夜風に髪をなびかせて陽凪乃は笑う。

「これからは二人きりだね。どれくらい、こうしていられるか分からないけど、私は一颯《いぶき》君とずっと一緒にいたいよ」

時が止まってしまえば良いと思った。僕たちを子どもから変えていくすべてのものを消し去ってしまいたい。だけど泣きたくなるくらいに無力だから……。

「手紙を書くよ。君と引き離される日だってくるかもしれないけど、その時は手紙を書く。何処に連れ去られても、どんなに遠く離れても、僕は手紙を書くから」

「……うん。待ってる。待ってるよ」


逃亡が失敗に終わり、動向を家族に監視されるようになっていたが、学校でならば誰にも見つからずに手紙を書くことが出来る。

陽凪乃が偽名を使ってくれれば、両親にそれを見破る術《すべ》はない。朝霧村の別の友人から手紙が送られてきた風を装えば良いのだ。会うことは難しくても、手紙でならば永遠を守ることが出来る。そう思っていたのに。そう信じていたのに……。

理由も分からないまま、僕は目を逸らしたくなるような現実に直面する。

何通も彼女に手紙を書いたのに、一度として返事がくることはなかった。陽凪乃だって「待ってる」と言ってくれたのに、文通が成立することはなかった。

彼女がどうして僕に返事を書かなかったのか。それだけが今でも分からない。

あんなにも待ち望んでいたのに。それだけが引っ越した後の希望だったのに。

時間の波に削り取られて、希望は心と共に壊死《えし》するように冷えていく。


どれくらい経ってからだっただろうか。きっと陽凪乃からの手紙は届かない。その現実を認めてしまった時、心は確かに死んだのだろう。

光ある未来は曇りガラスの向こうにあって、僕の手はその先に届かない。

死んでいるように生きていく。そんな日々が始まったのだ。


大学二年生の後期授業が始まっていたが、友人が一人もいない状況に変化はない。

一人きりが当たり前になったのは、舞原陽凪乃《まいばらひなの》との別れが何よりも辛いことだったからなのだろう。彼女と引き裂かれて以降、友情みたいなものを求めない無機質な人間になってしまった。別にいじけているわけじゃないが、陽凪乃と笑い合えないのなら、ほかの誰とも微笑みを交わし合えなくて構わない。酷く排他的に生きるようになってしまったのは、きっとそういうことだった。

お昼休みの学食で日替わり定食を注文し、黙々と箸《はし》を進めていると、遠くに見知った顔が見えた。喧騒で溢《あふ》れ返った人混みの中、一人きりで珈琲《コーヒー》を飲んでいるのはアルバイト先の後輩、嶌本和奏《しまもとわかな》だった。

彼女の手元にほかの料理は見当たらない。珈琲のショート缶だけで昼食を済ませるつもりなのだろうか。あんなにも小柄で華奢なのは、食習慣に問題があるからなのかもしれない。

一学年しか違わない彼女とは幾つかの一般教養の講義が被《かぶ》っていたようで、時折、教室で目が合うようになっていた。気付いてしまったのに無視をするのも決まりが悪い。遠慮がちに頭を下げると、向こうからも微妙な表情の挨拶が返ってくる。

アルバイトのシフトが一緒になっても、僕たちが雑談をすることはない。同級生でもないし、関係性の変化など生じるはずがない。そんな風に思っていたのだが、それから二週間後のある夜、奇妙な出来事が起こった。

午後十時、夕方から入っていたアルバイトを終え、帰途につくと、

「……先輩」

コンビニの敷地を出たところで声をかけられた。

呼び止めてきたのは、同時刻にバイトを終え、控室を先に出て行った後輩だった。

「ああ、蔦本さん。お疲れ様」

「あ、はい。お疲れ様です」

うつむいたまま、彼女は両手に握っていた何かを差し出してくる。

「あの、良かったら、これ」

差し出されたのは缶珈琲だった。

「さっきココアと間違えて買っちゃったんです。私、珈琲が飲めないので、もらってもらえたら嬉しいなって」

どういうことだろう。僕の見間違えだったのだろうか。少し前に彼女が学食で珈琲を飲んでいる姿を見た記憶があるのだけれど。

「……珈琲、お嫌いでしたか？」

受け取らずにいると、恐る恐るそう尋ねられた。

食べ物の好き嫌いはない。特別に好きな物もないし苦手な物もない。

「じゃあ、お言葉に甘えて」

受け取る時に指先が触れ、心なしか彼女の身体が震えたような気がした。

「それじゃ、夜も遅いから気をつけて」

「あの、先輩！」

きびすを返したところで、慌てたような声で呼び止められる。

「ん？　まだ何か用があった？」

「えーと、その……今度、教室で見かけたら、話しかけても良いですか？」

この子は一体、何を断っているんだろう。

「別に構わないけど」

「あの、じゃあ……隣に座ったら迷惑ですか？」

苦笑いが零《こぼ》れ落ちた。

「君の好きな席に座ったら良いよ」

以前に大学で見かけた時も一人だったし、友達が欲しいのだろうか。

街灯に照らされる彼女の顔が紅潮しているように見えた。


次に彼女と会ったのは、缶珈琲を受け取った二日後のことだった。

陽射しの良い大講義室で着席すると、僕を見つけた彼女が遠くから頭を下げてきた。

しばしその場で立ちすくみ、やがて意を決したように傍まで歩いて来る。

「……隣の席……予約されていますか？」

「いや。予約なんてされた記憶はないけど」

「……じゃあ、すみません。失礼します」

彼女は反対側に回り、一つ空席を挟んで隣に腰掛けた。

講義が始まるまでは五分ほどあったが、僕らが会話を交わすことはなく、曖昧な時が中庸とした空間に流れていった。


一般教養、心理学の講義。

横目で視界に入る彼女は、熱心にノートを取りながら講師の話に耳を傾けている。

九十分の講義が終わり、席を立つ準備をしていると、

「先輩、この後、お昼を食べに行きますか？」

「そのつもりだけど」

「……あの、ご一緒したら迷惑でしょうか？」

「別に迷惑ってことはないよ。じゃあ、一緒に学食へ行く？」

「はい。行きます。すみません。ありがとうございます」

何も悪いことなんてしていないのに、どうしてこの子は反射的に謝るのだろう。

枕詞《まくらことば》のように、「すみません」と繰り返している。

「大学って人が多いですよね」

同じ日替わり定食を注文し、向かい合って席に着く。

「初めてです。お昼に一人じゃないの」

あえて同調したりはしないが僕もそうだった。

一年半以上この大学で過ごしているのに、今日までずっと一人で生きてきた。

「喧騒の波に当てられて、一人だと窒息してしまいそうになるんです。ここにいることすら迷惑に思われているんじゃないかって」

「誰も気にしていないよ。皆、他人のことなんてどうでも良いはずだから」

「……そうですね。すみません。分かってはいるんですけど」

寂しそうな顔で再び謝ってから、彼女は割り箸を二つに割いた。


食事中は一言も会話がなかった。

僕が話しかけることはなかったし、彼女が口を開くこともない。

午後一の講義は二年生の専門科目だから、嶌本さんとはここでお別れだ。

彼女は箸の進みが随分と遅かったが、先に立つのも感じが悪い気がして、窓の外を流れる雲を見つめながら、益体《やくたい》もない時が過ぎるのを待っていた。

「ご馳走《ちそう》様でした」

誰も聞いてなんていないのに、律義に述べて彼女が箸を置く。

「それじゃあ、僕は四限が別の棟だから行くよ」

「はい。ご一緒させて頂いて楽しかったです。ありがとうございました」

会話一つなかったのに、本当に楽しかったんだろうか。

「あの……先輩。また講堂で見つけたら隣に座っても良いですか？」

「別にそういうのは断らなくても良いと言うか、君の好きにしたら良いと思うんだけど、一つ気になっていることがあって」

頬を掻《か》いてから、頭の片隅にあった疑念を口にする。

「前に蔦本さんが学食に一人でいるのを見たことがあるんだ。その時、君は珈琲を飲んでいた気がするんだけど、一昨日《おととい》、飲めないって言ってたよね。あれって僕の見間違いだったのかな」

漠然と気になっていた程度の出来事だったのだけれど……。

目の前で彼女の顔がみるみる赤くなっていった。

「……見ていたんですか？」

「見ていたと言うか、目に入ったと言うか」

彼女は今にも泣き出しそうな顔で立ち上がり、慌てたようにお盆を手に取る。

「すみません。ごめんなさい。本当にごめんなさい」

うつむいたまま、まくしたてるように言うと、そのまま彼女は逃げるようにして速足で立ち去ってしまった。

4

午後十時、アルバイトを終えて店の敷地から大通りに出ると、視界の先で佇む一人の少女が目に入った。

明滅している街灯の下、自らの身体を抱えるように右手で左腕を押さえ、うつむいていたのは嶌本《しまもと》和奏《わかな》だった。いつもとは違う眼鏡をかけている。

「何やってるの？」

少し手前から声をかけると、肩を震わせてから彼女が顔を上げた。

嶌本さんは今日、シフトに入っていない。オフの日に店まで買い物に来る姿も見たことがないのだけれど。

「……あ。すみません。……あの、こんばんは」

「こんばんは。こんな時間にどうしたの？」

おどおどとした表情のまま、彼女は両手を握り締める。

「あの……お昼のことを謝りたくて」

「謝る？」

「話の途中で逃げてしまってすみませんでした。私、動揺しちゃって……」

「そんなこと気にしなくて良いのに」

僕だって今の今までそんなことは忘れていた。

「嘘をついたことも謝りたくて……。すみませんでした。私、珈琲、別に飲めないわけじゃないんです」

やはりあれは見間違いではなかったのか。

「何でそんな意味のない嘘をついたの？」

視線を外し、うつむいたまま彼女は黙り込んでしまう。

「別に言いたくないなら言わなきゃ良いよ。迷惑をかけられたわけじゃないし」

「……少し前に読んだ小説に書いてあったんです。間違えて買った飲み物を渡す話が」

「話がよく見えないんだけど、それを真似《まね》したってこと？」

彼女は曖昧に頷《うなず》く。

「申し訳ないんだけど、僕は昔から他人の感情を察するのが苦手で。……何で君はそんなことを？」

黒い髪の隙間からこちらを覗《のぞ》く彼女の頬が紅潮していた。

「……楽しかったんです」

消えそうな声で、そんな言葉が届く。

「……花火大会の日、一緒におでんを食べたのがとても楽しくて。だから……」

「だから？」

「……私はこんな人間ですけど、またいつか一緒にお食事を出来たら良いなって。すみません。そんなの迷惑だって分かってるんですけど、でも、もう一度、お話したくて、それで……」

涙目で顔を上げた彼女の視線に晒《さら》されながら頬を掻く。

「それって、もしかして僕のことを好きってこと？」

唇を噛み締めながら、彼女はかすかに頷くような仕草を見せた。

長い、とても長い沈黙があって。

「……僕はどうすれば良いんだろう」

零れ落ちたそれは、素直な想いだった。

多分、彼女が抱いているのは恋などと呼ぶ類《たぐい》のもので、僕自身もその感情の意味は知っている。もう随分と昔の話になってしまうが、僕は確かに舞原陽凪乃《まいばらひなの》に恋をしていたはずだから。

「すみません……。やっぱり私なんか迷惑ですよね」

「迷惑ってことはないけど、本当にどうしたら良いか分からないんだ。ごめんね。自分のことなのに、どうしたいのかもよく分からない」

苦笑しながら零す。

もう二度と陽凪乃とは会えないのだと気付いてしまったあの日から、僕の心は弾力を失い、すっかり錆付いてしまった。

一度、深い溜息《ためいき》をついて夜空を仰ぐ。

頭上に広がるのは満天の星。

「今日も天の川が綺麗だね」

「……天の川ですか？」

つられるように彼女も空を仰いだ。

夏の大三角を割るように、南北に光の帯が空を走っている。

「何だか久しぶりに空を見上げたような気がする」

『もったいないなぁ。こんなに星が綺麗な町なのに』


まだ十一歳だったあの年。

監禁されたヤードで陽凪乃の言葉を聞いたその日から、僕にとって空はとても大切なものになったはずだった。それなのに、いつしか美しいものに目を留めることさえ忘れてしまっていたのだ。

今、それを思い出したことは単なる偶然かもしれない。しかし、心は不思議な温かさに包まれている。この温もりを運んできてくれたのは誰だろう。

夜空から目を剝がして、自信がなさそうに再び彼女は僕の目を見つめる。

「もしも先輩が本当に迷惑でないのなら……」

目元を袖口で拭い、華奢な少女が吐息と共に告げる。

「私は先輩のことをもっと知りたいです」

その時の僕は、未来のことなんて深く考えちゃいなかった。

彼女の想いを受け入れた先に広がるだろう未来、その輪郭さえ想い描けていなかったのに。

陽炎《かげろう》みたいな太陽が、冗談みたいに僕らを嘲笑《あざわら》う。

そんな未来へと誘《いざな》う扉が今、静かに開いていった。

第二話
陽射しの良い部屋

1

遅めの夕食を彼女と向かい合って食べていた。

学生が多くたむろする八月の安価なファミレスには、今日も喧騒が満ちている。

「来月には一颯《いぶき》君も二十七歳だね」

一つ年下の後輩、嶌本《しまもと》和奏《わかな》と出会ったのは大学二年生の初夏のことだ。もう七年も前の話になるわけで、時の流れの早さに眩暈さえ覚えてしまう。

平凡で何の面白味もない、僕みたいな男の何処が良かったのかは分からない。

和奏は「誠実さ」とか「勤勉さ」といった言葉で褒めてくれるけれど、愛情を伴わない誠実さは無関心と同じベクトルにあるし、意志を伴わない勤勉さなど忠犬の証《あかし》に過ぎない。それでも、そんな僕の恋人になりたいと和奏は願ってくれた。

決断の苦手な優柔不断で情けない男だ。いつかは呆《あき》れられてしまうだろう。幻滅され、振られてしまう日だって遠くはないに違いない。そう考えていたのに、今に至るまで交際は続いており、他人に無関心な薄ら寒い幸福に満ちた街で、僕たちはお互いに寄りかかりながら生きてきた。

今から一年前の夏に、僕は和奏を故郷に連れて行った。

珍しく連休が重なり、旅行に行こうかという話になった時に、彼女が僕の育った街を見たいと言い出したのだ。

東京から新潟市までは新幹線で一本である。ノンストップの便ならば二時間かからない。行ってみたい場所はあるか尋ねると、躊躇《ため》いの眼差しを見せた後で。

「……一颯君のご両親に挨拶がしたいかな」

そう言いながら和奏が目を逸らしたのは、きっと、彼女自身がその言葉に含まれる意図を十分に自覚していたからだろう。漸進的な気持ちで将来の相談をしたことはなかったけれど、彼女だって二十代半ばだ。両親への挨拶の背景には、どうしたって『家族』みたいな言葉の影が揺れる。彼女は僕との未来を想像し、その先に『結婚』を見据えているのだ。

自らの甲斐性《かいしょう》のなさを改めて痛感する。

いい加減な気持ちで付き合っていたわけじゃない。彼女のことを大切に思っているし、感謝もしている。だが、僕みたいな人間が当たり前のような顔をして、家族という名の契約を結ぶなんて……。

長い沈黙の後で。

「……突然おかしなことを言って、ごめんね。私、どうかしてたかも。忘れて」

そんな言葉を彼女に吐かせてしまう自分を呪《のろ》ってしまいたかった。

「何で謝るの。和奏がそうしたいなら構わないよ。両親に紹介する。ついでに実家に泊まれないか聞いてみるよ。古い家だけど部屋数だけはあるんだ」

祖父母も共に暮らしているし、叔父が頻繁に転がり込んでくることを考慮して、新潟市に引っ越しする際、両親は部屋数の多い物件を郊外に探した。決して綺麗ではないが、客を泊める余裕は十分にある。

「ごめんね。私は誇りながら紹介出来るような恋人ではないと思うけど……」

「卑屈にならないで。僕らが互いにそれを始めたら、きっと終わらなくなる」

帰省に際し、事前に電話で恋人を連れて行くことを伝えると、祖父母を含めて家族は驚愕《きようがく》していたし、実際に紹介した和奏を見て、両親はいたく喜んでくれた。

本当に恋人がこんな愚息で良いのかと、母は何度も和奏に確認していたし、その度に彼女は照れたように笑いながら肯定してくれた。母は喜び勇んで連絡先まで交換していたし、本当に彼女を気に入ったのだろう。

『家族』という二文字が持つ意味を、『結婚』という名の契約の重さを、あの頃から僕は真剣に考えるようになったのだと思う。

もしも結婚を考えないのであれば、これ以上、女性の貴重な二十代を浪費させるわけにはいかない。今もなお見捨てずに寄り添ってくれる彼女に対して、誠実な意思を示す必要がある。そんなことを毎日のように考えるようになっていた。


「いつか、私の家族にも一颯君を紹介しなきゃだね」

新潟市から帰るための新幹線の車内、不安そうな顔で和奏が告げた。

彼女は実の母親と折り合いが悪く、家族の話題を出すことがほとんどない。帰省しない年の方が多かったし、僕とは種類の違う希薄な家族関係を保っていた。

山梨県出身の彼女は、大学教授の父と高校教師の母の下で生まれ育っている。五歳年上の優秀な兄がいて、文武両道な彼はあらゆる分野に秀でていたらしい。手のかからない何をやらせても優秀な兄、そんな兄と比べられ、日々直面することになる母の失望の眼差しに、何度も傷ついてきたと、いつか彼女は話してくれた。

和奏は明確な劣等感を抱いて育ったし、そういった環境が根源的な性格に影響を及ぼしたことは疑いの余地がない。

和奏の父は子どもにほとんど興味を示さなかったが、高圧的な母には、尊厳が揺らぐほどの言葉をかけられたことも度々あったという。今でも母の前では萎縮してしまうらしく、彼女は大学を卒業してからも、実家にほとんど帰りたがらなかった。

家族だからと言って相性が良いとは限らない。同じ血が流れているからこそ、不幸なこともある。和奏はそう信じていたし、そんな信条は今もまったく変わっていないようだった。

彼女の両親は僕という恋人の存在を知っているのだろうか。結婚を考えるのであれば、頑《かたく》なに目を逸らしている家族とも、和奏は向き合わなければならない。

2

その日、浮足立ちながら一人で入ったのは、都心にあるウェディング・ジュエリーのお店だった。姿勢の良い店員に迎えられ、宝飾が輝きを放つ店内に気圧《けお》される。

プロポーズをするのであれば、婚約指輪を買わなければならない。固定観念に沿う形でここまで来たが、こんな風に幸せを具現化したみたいな場所に立つと、何だかそれだけで酷く居たたまれない。

ショーケース前に案内されたが、宝石の良し悪《あ》しなんて分からない。芸術的な才能がないから、リングの装飾に違いがあっても、どれを選んで良いのか判断がつかなかった。しかし、僕のような男も客に多いのだろう。店員は慣れた様子で、エンゲージリングを購入するために必要な知識を懇切丁寧に教えてくれた。

和《わ》奏《かな》は派手な物ではなくシンプルな物を好む。予算との兼ね合いも見ながら指輪を決定すると、仕上がり予定は三週間後と告げられた。丁度良い時間だ。ゆっくりと考えて、せめてプロポーズくらいは男らしくやり遂げたい。

購入したエンゲージリングが届くまでの短い期間。

彼女に渡す瞬間を夢想しながら、流れた歳月を想っていた。

嶌本《しまもと》和《わ》奏《かな》は小柄で、猫背で、声が小さくて、自分に自信がないから、いつもうつむいている。そんな自らを変えるために始めたアルバイト先で僕と出会った。

自分自身を好きになれない人間は、世界を愛することも出来ない。僕たちは自らに確信を抱くことが出来なかった人種だし、例えば強制されても、不遜みたいな感情を持つことはないだろう。

生き方も、温度も、恐らくは匂いまでも、僕たちはきっととてもよく似ていた。

美しいリボンと小箱に包装されたエンゲージリング。

それを受け取った日、夜の帳《とばり》に、触れられない自らの心を探る。

引き出しの一番奥にしまい込んでいた最後の後悔を取り出すと、エンゲージリングの小箱と並べて机に置いた。

それは十五年の間、何度も迷って、結局出せなかった一通の手紙だった。差出人の欄に書いたのは、『響野一颯《きょうのいぶき》』という自分の名ではなく『舞原零央《まいばられお》』という会ったこともない他人の名前だ。舞原陽凪乃《まいばらひなの》が仲良くしていたという、彼女の同い年のいとこの名である。

陽凪乃からの返信が一度もなかったのは、外部の邪魔が入ったからではないかと、ずっと疑い続けていた。あの監禁事件で陽凪乃は死にかけている。両親が朝霧《あさぎり》村の人間たちを憎み、僕との関係まで断とうとしていた可能性だって考えられる。

監禁事件の後、陽凪乃は僕に会うために何度も真夜中に自宅を抜け出していた。不登校になっていたくせに、夜の町を二人で冒険している。陽凪乃の両親が僕を快く思っていなかったとしても不思議ではない。

だけど『舞原零央』という偽名を使って手紙を出せば、握り潰されることはないに違いない。間違いなく陽凪乃に届くはずだ。そう思っていたのに……。

失望に変わり続ける願いに疲れ果て、僕は臆病になっていた。この手紙を出しても返事がなかったら、どうすれば良い。すべての約束を彼女が負担に思っていたのだとしたら、今度こそこの孤独に耐え切れなくなる。

確かめることが怖かった。彼女の気持ちを知ることが怖かった。だからこの手紙を投函《とうかん》出来なかったし、朝霧村へ決定的な何かを確かめに行くこともしなかった。

出せなかった後悔の手紙と、誓いの小箱が並んでいる。

何を犠牲にしてでも守りたかった過去と、僕の幸せを願ってくれている人の未来。

「なあ、陽凪乃。君は今、何処にいるのかな」

闇だけが浮かぶ、誰もいない空間に問いかける。

「僕らの何もかもは、もう、とっくの昔に終わっているのかな」

嶌本和奏を大切にしたいと願っている。あんなにも僕を想ってくれる女性は彼女だけだ。こんな僕なんかのことを、全身全霊で理解しようとしてくれる、そういう人なのだ。分かっているのに。どうすべきかなんて、もう答えは出ているのに。

気付かぬうちに涙腺が弛緩《しかん》し、熱い滴《しずく》が零れ落ちていた。

「忘れたくないなぁ。やっぱり君を忘れたくないよ……」

苦しい。哀しくて、辛くて、胸が張り裂けんばかりに痛む。

こんなにも時間が経ったのに、どうして僕は君を忘れられないのだろう。

涙を拭えないまま後悔の手紙を取り、二つに裂いてゴミ箱に入れる。

嶌本和奏と初めて手を繋いだ日のことを、今でもよく覚えている。彼女は震えながら僕の指先を強く握り締め、汗ばむ手の平から伝わる温もりは、優しさ以外の感情を包含していなかった。

僕は舞原陽凪乃以上に綺麗な少女と出会ったことがない。彼女との別れよりも大きな切なさを経験したこともない。だが、人を愛するということは、そういうことでもないのだろう。誰かと比べて和奏を愛したわけじゃない。僕が彼女と生きていこうと思うのは、彼女が彼女だからだ。胸の中にあるのはそういう想いだった。

それはプロポーズのチャンスを窺《うかが》い続けていた週末、金曜日の夜のことだった。

「明後日《あさって》、お兄ちゃんがうちに来るの」

いつものように仕事が終わった後で待ち合わせ、ファミレスで夕食をとっていたら、躊躇いがちな表情で和奏が告げてきた。

「お兄さんって確かアメリカで働いているんじゃ……」

「夏休みなんだって。帰省する前に私の顔も見たいらしくて」

「会うのって久しぶりなんでしょ？」

「うん。就職してからは初めてかな」

彼女の兄、嶌本琉生《しまもとるい》はアメリカの大学を卒業した後で日系企業に就職し、そのまま向こうに住みついていると聞く。スケールが大き過ぎて上手《うま》く想像出来ないが、和奏も大学教授の父に連れられて海外旅行を多く経験しているという話だし、もともとそういうインテリの家系なのだろう。

「一颯《いぶき》君は日曜日って何か予定ある？　少し頼みづらいことだから、迷惑だったら断って欲しいんだけど……」

彼女はほとんど本音を喋らない。フランクに喋ってくれるようにはなったが、我儘《わがまま》を聞いたこともないし、一線を引くような節度ある距離は厳然として存在している。

「お兄ちゃんにね、付き合っている奴はいるのかって聞かれて。素直に答えたら、会ってみたいって言われて……」

「まあ、別に構わないけど」

良い会社に勤めているわけでも、容姿が優れているわけでもない。胸を張れるような彼氏ではないが、彼女とは真剣に付き合ってきたつもりだ。

「本当に？　迷惑じゃない？」

眼鏡の向こうから、上目遣いで不安そうに尋ねられる。

「次はいつ会えるかも分からないんだろ？　ご挨拶出来るなら僕もしたいよ」

「……ありがとう。嬉しい」

予期せぬ邂逅《かいこう》ではあるが、もしかしたら一つの試金石になるかもしれない。

こんな自分を認めてもらえるかは分からない。けれど、もしも少しでも好意的に思ってもらえるのなら、その時は胸を張って和奏に……。

3

外食ではなく妹の手料理が食べたい。

それが五歳年上の和奏《わかな》の兄、嶌本琉生《しまもとるい》の希望だったらしい。

彼は日本を離れて長いわけだし、せっかくなら和食を振舞えば良いのに、何故《なぜ》か和奏はグリーンカレーを作っていて、夕方に訪問すると下準備の真最中だった。

恋人の家族と対面するという事実だけで緊張していたし、実際に彼女の兄を前にして、萎縮するような心持ちは増す一方だった。

琉生さんは和奏とまるで似ていない。精神的な部分でもそうだが、背が高く、整った容貌で垢抜けた私服に身を包んでいる。自信に裏打ちされた堂々たる姿に、対面しただけで自らの卑小さを思い知らされる。

これだけ容姿の整った兄がいるのに、どうして僕みたいな冴《さ》えない男を好きになったんだろう。こんな素敵な人が身近にいたのに、僕に不満がないのだろうか。

１ＤＫの和奏の自宅を訪れるのは初めてではない。

料理が出来るまで待っていてと言われ、部屋に足を踏み入れると、見慣れない物がテーブルの上に置かれていた。和奏は生活に不要な物を、あまり所持しないのだが、そこにあったのは一台のオルゴールだった。

僕の視線に気付き、琉生さんが口を開く。

「土産《みやげ》に買って来たんだ。サイモン＆ガーファンクルが良いって言われてさ」

オルゴールの前面には、〝The Sound of Silence〟の文字があった。僕でも知っている有名な曲だ。直訳すれば、沈黙の音。パラドックスを孕《はら》んだタイトルのこの曲は、一体どんな歌詞だっただろうか。

「和奏、いつの間にオルゴールに興味を持ち始めたんだろう。君、知ってる？」

彼女は僕の部屋にあった『水曜の朝、午前三時』のオルゴールを、何度も楽しそうに動かしていた。自分も欲しいと思っていたのだろうか。

「実家の近くにオルゴールの美術館があるんだよ」

「山梨でしたっけ？」

僕は他人とのコミュニケーションが得意ではないし、言葉も達者ではない。緊張もあり、相槌《あいづち》を打つだけで精いっぱいだったが、琉生さんはそんな気持ちを察するように、沈黙が広がらないよう話を続けてくれた。

「河口湖《かわぐちこ》の近く。行ったことある？」

「いえ。一度も」

「じゃあ、遊びに行ったら良い。観光出来そうな場所も沢山ある」

フランクでありながら、誰のことも貶《おとし》めずに軽快な笑いを取っていく。琉生さんはそういう会話の術に長《た》けていた。台所で包丁を扱う和奏を横目で見ながら、互いの仕事の話や故郷の話を続けていく。

もしも僕にも兄弟がいれば、懐かしさと共に過去を思い出すことが出来るのだろうか。あの頃は良かったとか、あの頃に戻りたいとか、郷愁にも似た想いを吐露する人がいるけれど、僕はそういう感情を抱いたことがない。初恋の彼女が笑っていたあの一年を懐かしく思うことはあっても、戻りたいと思うことはなかった。


グリーンカレーを作っているのに、ココナッツミルクを買い忘れていた。そんな致命的な事態に和奏が気付いたのは、日も暮れかけた頃のことだった。

慌てて和奏は近所のスーパーに一人で買い物へ出掛け、狭いアパートに琉生さんと二人きりで残されてしまう。

それは和奏が消えてから、すぐのことだった。

「率直なところ、君は妹のことをどう思っているの？」

優しい眼差しのまま、琉生さんは真っ直ぐに僕を見つめていた。

「……どうって言うのは？」

「和奏はあんな奴だから、心配にもなるんだ。あいつ、自己主張をしないでしょ。誰かにとって都合が良いだけの女になっているんじゃないかって不安にもなるんだよ」

答えられずにいると、琉生さんは苦笑いを浮かべた。

「別にプレッシャーをかけるわけでも、責任を取らせたいわけでもないんだけどね。小さい頃から色んなことを我慢してきた子だから、幸せになって欲しいんだ」

今、僕のポケットには、プロポーズのためのエンゲージリングが入っている。

誰かを幸せにするということの本質を、足りない頭で必死に考えていた。ずっと迷ってばかりだったけれど、覚悟を決める時が来たのかもしれない。

僕たちの未来には光が満ちているだろうか。

彼女の行く先に、温かな光だけを翳せるだろうか。

琉生さんの言葉を胸に刻みながら、僕はただ一心に嶌本和奏のことを想っていた。

4

リビングには二つのクッションしかない。引っ越しも業者に頼んで一人で済ませたと聞くし、この部屋に三人以上が入ったのは恐らく初めてだろう。

グリーンカレーを食べ終え、和奏《わかな》がレモングラスティーを淹《い》れてキッチンから戻って来ると、琉生《るい》さんは妹の昔話を始めた。

お菓子作りが得意で、休日に食べさせてくれたこと。

兄が気に入った本を、背伸びをして読んでいたこと。

帰国子女なのに飛行機が苦手で、家族での海外旅行によく怯えていたこと。

飛行機に怯えていた頃の話が始まると、和奏は必死に兄の話を遮ろうとした。しかし、押しの弱い和奏に止められるはずもなく、結局、居たたまれなくなったのか、彼女はキッチンへと消えてしまった。

「よく母親からも逃げていたっけか。人間って大人になっても変わんないな」

和奏の様子が心配で、曇りガラスの向こうのキッチンを窺うと……。

「いつものことだよ。気にしなくて良い。これが俺たち兄妹のコミュニケーションだからさ」

琉生さんは懐かしむような微笑みを浮かべていた。

「嶌本《しまもと》さんの家族は海外に住まれていたこともあるんですよね？」

「親父の仕事の関係で欧州を転々としていた時期があったんだよ。日本に戻って来た時、あいつは……三歳だったかな。ほとんど記憶なんてないだろうけど」

「お父さんは大学の先生でしたっけ？」

「そう。昔から都合の良い実験台にされててさ。和奏！」

キッチンへと続く扉がわずかに開かれ、下唇を嚙みながら彼女が顔を覗かせる。

「お兄ちゃん、一颯《いぶき》君に余計なこと言わないで」

「親父にロールシャッハ・テストを受けさせられた時のこと覚えてる？　お前、インクのしみがお化けに見えるって言って泣きだしたことあったよな」

「だから、もう昔の話をするのはやめて」

和奏は半ベソをかいていたが、琉生さんの笑顔は崩れない。

「こいつ、普段は無表情だけど、結構、可愛《かわい》いとこもあんだよ。あの日も怖くて眠れないって言って、俺の部屋に来てさ。懐かしいな」

「もうお兄ちゃんなんて知らない」

強く扉を閉めて、和奏は顔を隠してしまう。

「……愛想のない奴だけどさ。あいつは君のことが本当に好きみたいだし、大切にしてもらえると嬉しい」

琉生さんは妹が消えた扉を優しい眼差しで見つめていた。

帰途、ポケットに忍ばせた小箱を握り締め、一つの大きな覚悟を決める。

次に会えた時、彼女と二人きりになれたらプロポーズをしよう。

僕は自分に自信がない。大人になってもやっぱり自分のことは好きになれなかったし、これから先も変わるとは思えない。だけど、嶌本和奏の目ならば信じたい。たとえ間違った選択肢だったとしても、和奏が選んだ未来ならば享受したい。きっと僕にとってプロポーズというのは、そうやって寄り添う覚悟を決めることだった。

今日は月明かりが眩しい。太陽がなくても、光で照らされることは出来る。

和奏は僕にとって、月のような存在なのかもしれなかった。


小道はアパートの裏手に続いている。ぐるっと回ってからエントランスに入ることになるのだが、軒下を歩きながら小さな変化に気付いた。

二階の中腹、自室の隣の部屋の窓が開いていたのだ。夏はまだ終わったばかり、窓を開け放っている住人がいても不思議ではないけれど、隣はもう長いこと空き部屋だったはずだ。古いアパートである。風呂に追い焚《だ》き機能もついていなければ、洗面台も狭い。ウォシュレットなんて物も付属していない。現在の住人は全員が未婚の男だが、引っ越して来たのはどんな人だろう。

二階へと続く階段を上がると、前方に人影が見えた。

佇んでいたのは背の高い女性のシルエット。柔らかそうなブラウンの髪が、夜風になびき、電灯の下で揺れる。その女性が立っているのは僕の部屋の隣だった。

新しく引っ越して来た住人だろうか。

足音に気付いたのか。その女性はドアノブから手を離すと、顔を上げてこちらへと視線を向けてきた。そして……。

僕は生まれて初めて、自らの心臓が鼓動を打つ音を聴く。

全身の血の気が一気に引いたのが分かった。

帰り道のスーパーで買っていた夜食を、思わず落としてしまう。

間違いない。彼女のことだけは見間違うはずがない。

だけど、どうして……。


「久しぶりだね」

懐かしいその声が鼓膜に届き、僕は自分の正気を疑った。
こんな再会あるはずがない。あって良いはずがない。
十六年前に別れた彼女、それ以来、決して人生の途中で交わることのなかった彼女。
信じられなかった。
そこに立っていたのは、僕に心臓の位置を教えてくれた初恋の彼女。
舞原陽凪乃《まいばらひなの》だった。

第三話
陽炎と月と太陽

1

ほとんど熟睡出来ないまま朝を迎え、新鮮な空気を吸おうと窓を開けたら、初秋の空から小雨が降っていた。

昨晩、アパートの廊下で再会した彼女の声が、今も鼓膜に焼き付いている。

十六年振りに再会をした初恋の女性、舞原陽凪乃《まいばらひなの》。

軽やかなブラウンの髪も、凛《りん》と背筋の伸びたプロポーションも、何もかもがあの頃の延長線上にあって、大人になった彼女に釘付《くぎづ》けになってしまった。

その場に立ち尽くすことしか出来なかった僕の隣を、彼女は軽やかに通り過ぎて行く。本当に陽凪乃が隣に引っ越して来たのだろうか。今になってみれば尋ねたいことは幾らでもあったのに、あまりにも衝撃的な再会に、狼狽《ろうばい》した僕は何一つ言葉を発することが出来なかった。

寝不足気味の頭を振って、出勤の準備を整える。

傘を取り、アパートの階段を下りて、エントランスまで来た時、呼吸が止まった。

目の前に流麗な女性のシルエット。左手を身体の前に差し出し、空模様を確かめていたのは陽凪乃だった。昨日の記憶は夢ではなかったのだ。

「おはよう」

強張った喉で声をかけると、ブラウンの髪を揺らして陽凪乃が振り返る。彼女の左手の薬指に目をやったが、その指先に光る物はなかった。

「おはよう。一颯《いぶき》君」

その微笑みを目にしただけで、胸がかきむしられるほどの衝動に襲われる。閉じ込めて殺したはずの恋心、かつて狂おしいまでに切実だった想いが湧き上がる。

十六年という歳月を経て、陽凪乃は美しい大人の女性に成長していたが、その眼差しは恋を覚えた日に知った、大好きな笑顔そのままだった。

「……久しぶり」

何を話せば良いか分からなくて、曖昧に告げると小さく笑われた。

「久しぶりって言うか、昨日、会ったよ」

「……うん。まあ、それは、確かに」

「一颯君は変わってないね。今日はずっと雨なのかな」

陽凪乃はエントランスから頭だけ出して、空を窺う。

「……傘、ないんだったら貸そうか？」

本当はもっと話したいことが別にあったはずで、多分、話さなければならないことも幾つもあったはずなのに、肝心なことが何一つ言えやしない。

「大丈夫。部屋に戻ればあるから。これから出勤？」

「うん。陽凪乃もそうなんじゃないの？」

僕らは二十七歳になる年齢だ。彼女は東京で何をしているのだろう。

「一颯君はさ、あの日の約束を覚えてる？」

僕の質問には答えずに、彼女は困ったような笑顔で尋ねてきた。

「約束？」

「……思い出せないなら良いや」

残念そうに呟いてから、彼女はきびすを返した。

「私も傘を取って来よう。じゃあね。お仕事、頑張って」

そのまま陽凪乃は階段を上がって消えてしまった。雨を見つめながら、彼女が戻って来るのを待ってみたのだけれど、五分が経っても陽凪乃は現れなかった。

遅刻するわけにもいかない。聞きたいことも話したいことも山ほどあったが、後ろ髪を引かれながら出発することにした。

街は少しずつ秋の色に染まり始めている。

日没の時刻は早まっているが、短い残業の後、日暮れ前には帰途につくことが出来た。いつものようにスーパーで夕食を買い、アパートに向かう遊歩道を行く。

緑道を抜けると、大学卒業以後の四年間を暮らした木造アパートが見えてきた。

昨晩と同様、隣の部屋の窓が開いている。その下に辿り着いて見上げると、窓枠に手をかけて、斜陽の陽射しを浴びた陽凪乃が立っていた。朝方は彼女も似たような時刻に外出しようとしていたし、普通に社会人をやっていると思ったのだが、もう仕事は終わったのだろうか。

大人になった今も、僕はこんなに綺麗な人と出会ったことがない。そよ風に揺れるブラウンの髪も、憂いを帯びた涼しげな眼差しも、すべてが彫刻のように美しい。

彼女に見惚れながら、どれくらいの間、軒下に佇んでいただろうか。

顔を動かした彼女が眼下に僕を見つけ、優しく微笑む。

「お帰りなさい」

「……ただいま」

何処にでも転がっているだろう、ありふれた言葉だったが、一人暮らしを始めてからは、「ただいま」なんて言葉を発した記憶がない。

「いつもこんな時間に帰って来るの？」

窓から半身を乗り出して、陽凪乃は尋ねてきた。

「今日は普段より早いかな。そんな姿勢をしていると落ちちゃうよ」

「大丈夫。だって、私、運動神経抜群だもの」

「そういう問題じゃない気がするけど」

「それに今なら仮に私が落ちても受け止めてくれるでしょ？」

「え、僕が？」

二階から落ちてきた大人を受け止めるなんて出来るだろうか……。

「冗談。一颯君は真面目《まじめ》だね」

楽しそうに笑ってから、陽凪乃は乗り出していた身体を引っ込めてしまった。

2

いつからだろう。週末になると仕事帰りに駅で待ち合わせ、安価なレストランで食事を共にするのが僕らの習慣となっていた。和奏《わかな》の休日はカレンダー通りではないのだが、いつも僕に合わせてくれている。それなのに……。

「一颯《いぶき》君。今日は何だかずっと上の空だね」

フォークを手に取ったまま、ぼんやりしていたら、寂しそうに和奏が呟いた。

「……そうかな。別にいつも通りだけど」

口にした言葉とは裏腹に、自らの感情がフラットとは程遠いという自覚もある。

本当は今日にでも彼女にプロポーズしようと考えていた。いつもは経済状況に見合ったファミレスに入ってばかりだったが、背伸びをして少しくらいは上等なレストランを予約しようと思っていた。だけど今、心はこんなにもぐちゃぐちゃだ。

目の前で微笑む和奏を見つめていても、ふとした拍子に、脳裏に舞原陽凪乃《まいばらひなの》の姿がよぎってしまう。彼女の美しい輪郭と声に想いを支配されてしまう。だって、こんな偶然が本当にあるだろうか。

小学五年生の年末に、父の仕事の都合で僕たち家族は朝霧村《あさぎり》を離れた。漁師を引退していた祖父母も共に引っ越したから、故郷にはそれ以来、帰った記憶がない。十一歳の冬にあの村を離れて以来、一度も帰ったことがないのだ。

朝霧村との繋がりなんて、事実上、既に絶たれている。それなのに十六年も経った今、僕たちはこの街で、故郷から遠く離れた東京の地で、再会を果たした。それも僕が四年以上暮らしているアパートでだ。

……違うのか？　偶然だと思い込んでいるのは僕だけで、もしかしたら……。

「一颯君の二十代を傍で見ていられて幸せだったな」

ナイフとフォークを揃《そろ》えて皿の上に置き、はにかむように和奏は呟いた。

「二十七歳になったあなたのことも、隣で見ていられたら嬉しいです」

僕のような欠陥製品みたいな人間を、和奏はもう何年も信じてくれている。だからこそ、自分に出来るすべてで報いたいと思っていた。この人生を和奏に捧《ささ》げたいと願っていたのに、僕はどうして……。

愛に類する決意も、惑うしかなかった突然の再会についても、話せないままだった。

何一つ肝心なことを伝えられないまま、和奏と別れて帰宅する。

駅から自宅へと続く緑道の遊歩道。曖昧模糊《あいまいもこ》とした感情に支配されながら歩いていると、視界の隅で影が揺れた。

立ち止まって視線を向けた先にあったのは小さな公園で、月明かりの下、一人きりで緩慢にブランコを漕いでいる影があった。

気だるそうにブランコを漕ぎながら、月を見上げていたのは舞原陽凪乃だった。

近隣の治安が悪いという話は聞いたことがないが、田舎の漁村とは訳が違うのだ。女性が一人きりで出歩く時間帯じゃない。

公園に足を踏み入れると、彼女が気付き、その優しい眼差しを向けてきた。

「……何やってんだよ」

「人を待ってたの」

「待ち合わせ？　こんな時間に誰を……」

陽凪乃の軽やかな髪を、夜風が優しくさらう。

「夜って空気が澄んでいるような気がしない？」

僕の質問に答えるつもりはないのだろうか。

「……一颯君も隣に座ったら？」

三日月を見つめたまま、陽凪乃はそう勧めてきた。

ブランコは二台並んで設置されている。続けるべき言葉を見つけられず、言われるがまま彼女の隣に腰を掛けた。

陽凪乃はこの十六年間を、どんな風に過ごしてきたんだろう。

名字が変わっているなんてことも有り得るだろうか。

「……陽凪乃は」

「ん？　どうしたの？」

三日月から目を剝がし、彼女は僕の両目を覗き込む。その美しい視線に晒されただけで、心臓が止まってしまいそうになる。

「陽凪乃はずっと朝霧村に住んでいたの？」

「ううん。そんなことないよ」

「じゃあ、引っ越したんだ。何処に住んでいたの？」

陽凪乃の家族が朝霧村に移住して来たのは、彼女の父親が地域開発の責任者となったからだ。目的が終われば、かつて住んでいた場所に戻っても不思議ではない。

「傍にいたよ。一颯君の近くにいたと思う」

「……新潟市ってこと？」

彼女の家族は元々新潟市で暮らしていた。合併を繰り返して政令指定都市となった新潟市は広大だし、地名を聞いても分からない可能性の方が高そうだけれど。

陽凪乃は曖昧に笑った後で、質問には答えずに再び月に目を移してしまった。

「……ずっと、陽凪乃に聞きたいことがあったんだ」

「うん。何？」

「朝霧村から引っ越した後で、君に手紙を書いた。何通も書いたんだ」

彼女は高い位置にある三日月から目を離さない。

「あの時の手紙って、君に届かなかったのかな」

「……届いたよ」

「じゃあ……」

ブランコを吊《つ》る鎖の向こうに、彼女の横顔が揺れる。

「ごめんね。返事を出せなくて」

言い訳も、説明もせずに、陽凪乃はただ申し訳なさそうに、そう呟いた。寂しそうな声色が鼓膜に届いただけで、それ以上、何も聞けなくなってしまう。

「一颯君は大人になって少し変わった？」

「十六年も経てばね。陽凪乃は？」

「どう思う？」

悪戯《いたずら》な笑みが向けられる。

君は綺麗になった。息をのむほどに。

思ったことを口に出す度胸も、その資格も、僕にはないけれど。

「……変わったと思うよ。大人っぽくなった」

「そう？　ありがと。やっぱり一颯君は優しいなぁ」

嬉しそうに告げると、彼女は立ち上がる。

「じゃあ、そろそろ私は行くね」

「あれ。待ち合わせしていたんじゃないの？」

「うん。もう良いの。じゃあね、おやすみ」

遠慮がちに小さく手を振ると、そのまま陽凪乃は立ち去ってしまった。

振り返らずに公園を出て行った彼女は、アパートと逆方向に消えて行く。

昔から勇敢な女の子だと思っていたが、こんな時間帯に出歩くなんて心配にもなってしまう。もちろん小道の先で恋人か誰かと待ち合わせをしている可能性だってあるし、僕なんかが心配するのはおこがましいのだろうけれど……。

ブランコに座っていた時、僕らを隔てていた距離は、あの頃と変わっていなかった。

それなのに離れていた時間が積み重なったせいで、こんなにも心は遠くなる。わずか一メートル先にいた彼女の気持ちが、まるで分からなかった。

翌日の土曜日はお昼前から生憎《あいにく》の土砂降りとなった。

週末は溜《た》まっていた洗濯物を消化しなければならない。仕方なく狭い室内に干してから、昼食を買いに出掛けることにした。

こんな土砂降りでは傘を差していても足下が濡れてしまう。スーパーまで行く気力も失《う》せ、近くのコンビニで適当な弁当を買うと、すぐにアパートまで戻った。その帰り道で再び気付いてしまう。

またしても隣の部屋の窓が開いていたのだ。朝は降っていなかったと記憶している し、部屋の換気でもしたまま、閉め忘れて出掛けてしまったのだろうか。

血のように真っ赤なカーテンが、荒れた雨風に吹かれて揺れている。乱舞するカーテンのせいで、室内までは見通せない。雨避《あまよ》けとカーテンがあるとはいえ、この暴風雨だ。あんなに窓を開けていては、室内も濡れてしまうだろう。

早くなっていく鼓動を感じながら彼女の部屋の前に立ち、扉を軽くノックした。

ドアの向こうからは生活音が聞こえない。もう一度、強くドアをノックしてみたが、やはり応答はなかった。

やれることはやった。あとは一刻も早く雨脚が弱まることを願うしかない。

真っ暗な空を見つめ、いっこうに顔を出さない太陽を恨めしく思いながら、横殴りの雨が叩きつける廊下で力なく佇んでいた。

3

どうにもならない葛藤と共に、二週間ほどを過ごしていたように思う。

公園で話して以来、陽凪乃《ひなの》とは会っていない。それでも、またいつか彼女が現れるんじゃないかと、仕事帰りに公園のブランコを確認するようになってしまった。

和奏《わかな》との向き合い方を見失いそうになりながら、だけど、決してそうなってはいけないと強く思いながら、逢着《ほうちゃく》した混迷の渦中にいた。

壁の薄い安普請のアパートだ。隣人の気配は容易に感じ取ることが出来るが、隣の部屋からは休日の昼間でも、まったく生活音が聞こえてこない。夜も灯《あか》りがついていない。旅行か何かで出掛けているのだろうか。

そんなある日の休日のこと。

台所の窓を開け放し、久しぶりに夕食を作っていたらチャイムが鳴った。日曜日に和奏が休みであることはないし、ほかに家を訪ねて来る知人はいない。勧誘か何かを疑いながら、腕まくりをしたままドアを開けると、

「陽凪乃……」

はにかむような眼差しで、舞原陽凪乃《まいばらひなの》が立っていた。相変わらず背筋が凛と伸びていて、以前に見た時とは印象の異なるワンピースを着ている。

「久しぶりだね。……良かった。覚えていてくれたんだ」

「久しぶりって言うか、少し前に会ったよ」

以前、彼女に言われたニュアンスをそのまま返す。

緊張しているのか、陽凪乃の声はわずかに震えていたけれど、僕が笑顔を作ると、はにかむように微笑みを返してくれた。

「ごめんなさい。急に押し掛けたりして、びっくりしたでしょ」

「まあ、少しくらいはね。部屋に上がる？」

「……良いの？　突然だったのに」

自室を振り返る。褒められるほど片付いているわけでもないが、人を上げられないほどに散らかっているわけでもない。

「時間があるならどうぞ。ちょうど夕ご飯を作っていたところだから、食べて行ったら良いよ」

「何だか申し訳ないけど。じゃあ、お言葉に甘えようかな」

部屋に上がると、陽凪乃は数少ないインテリアを楽しそうに眺めていった。それから、机の上にあったオルゴールに気付く。

「あ、サイモン&ガーファンクルだ。これって……」

「うん。ご明察の通り、陽凪乃の影響。中学生の時に買ったんだ。本当は君が好きだった曲が欲しかったんだけど、見つけられなくて」

「『水曜の朝、午前三時』も素敵な曲だよ。複雑な歌詞だとは思うけど」

愛する女性への気持ちと、わずかなお金のために強盗を犯してしまった男の罪悪感を歌った、後悔と罪の歌だ。

「適当に座ってて。パスタ、すぐに出来るから」

今日こそ、彼女が何をしているのか、きちんと聞こうと思った。

ペスカトーレとアップルジンジャーティーを食卓に並べ、彼女と向き合って座る。

改めて対面する舞原陽凪乃の輪郭は、現世から隔絶したかのように流麗で、触れた先から朽ちてしまうのではないかとさえ思えてしまう。彼女はとても美しい大人の女性に変貌していたけれど、形の良い鼻梁《びりょう》も、長い睫毛も、優しさと意志の強さを同居させた大きな瞳も、何もかもがあの頃のままだった。

「陽凪乃は今、何処で何をしているの？」

「東京で働いてるよ。いとこに仕事を紹介してもらって、こっちに出て来たの」

「ああ。零央《れお》さん……だったっけ？」

終始緊張したような面持ちの陽凪乃だったが、その名前を聞いて相好《そうごう》を崩す。

「よく覚えてたね。零央の話をしたことあったっけ？」

「うん。仲の良い同い年のいとこがいるって」

「一颯《いぶき》君の記憶力は凄いなぁ。零央は今、八王子《はちおうじ》で探偵をやってるの。良い歳《とし》をした大人が探偵なんて変だよね。子どもの頃から全然変わってないんだ」

陽凪乃にとって彼はとても大切な親族なのだろう。嬉しそうに話すその表情を見ていれば分かる。思えば彼女は、母親にも深く愛されていた。陽凪乃が持つ本質的な温かさは、きっと家庭環境とも無縁ではない。

「仕事を紹介してもらったってことは、こっちには大学進学で引っ越して来たわけでもないんだね」

「そうだね。色々とあったから……」

切なそうに彼女はそう漏らした。

「色々って言うのは？」

しばし戸惑いの眼差しを見せた後で。

「……ヤードに閉じ込められたことがあったじゃない。事件のことは時間が経ってから思い出せたんだけど、前後の記憶がなくなっちゃったみたいで。今でもほとんどあの頃のことを思い出せないんだよね」

「記憶喪失ってこと？」

「辛い出来事を経験して、過負荷から心を守るために、脳が忘れようとしたんじゃないかって、そうお医者さんは言ってた」

そうか……。でも、だからだったのだろうか。僕は何度も彼女に手紙を書いているが、一度として返信が届くことはなかった。すべては彼女の身に起きた不調のせいだったのかもしれない。

「だけどね。一颯君のことだけは思い出せたんだ。君との思い出は、私の残念な人生の中で、何よりも大切な宝物だった。それだけで生きていけるって思えるくらいに、幸福な記憶だったんだよね」

涙は零れていなかったけれど、彼女の瞳は優しい何かで濡れていた。

「どうしても、もう一度、一颯君に会いたかった。ずっと会いたかったんだ」

僕と陽凪乃が出会ったことには、一体どんな意味があったんだろう。

彼女を守ろうとしたあの夏の経験を経て、僕は確かに変わってしまった。

幸か不幸かも判断がつかないけれど、人生そのものが変わってしまったのだ。

「実は私も、今も大切にしているの」

陽凪乃が取り出したのは、かつてお気に入りだと言っていたオルゴールだった。

サイモン&ガーファンクルの『明日に架ける橋』。

「持ち歩いてるの？」

「いつもってわけじゃないんだけど、勇気を出さなきゃいけない時はね。一人暮らしを始める時に、お母さんがくれたんだ」

「良い曲だよな。僕もこれを探したんだけど」

「じゃあ、交換する？」

小首を傾《かし》げて、陽凪乃が僕を見つめていた。

「え。でも、大切にしてるって」

「一颯君となら構わないよ。それに、あげるわけじゃなくて交換だもの」

しばしの黙考を経てから、後ろにあった『水曜の朝、午前三時』のオルゴールを手に取る。それから彼女の持つそれと交換した。

「嬉しいな。君との絆《きずな》を、また作れるなんて思わなかった」

彼女の声に耳を澄ましながら、手の平に乗るオルゴールを見つめる。

これは友達の歌だ。希望を失いそうになる時、激流に架かる橋のように身を投げ出して友を守る。そういう誓いの歌だった。

「一颯君、本当にありがとう。君にもう一度会えて幸せでした」

夕食を食べ終えた後、濡れた瞳で囁《ささや》くようにそう告げて。

それから陽凪乃は帰っていった。

連絡先を聞こうかとも思った。

もっと話したいことがあったし、一緒にいたかった。だけど和奏を思い出して生まれた躊躇いが、その想いを遮った。僕みたいな男を頑なに信じている恋人を哀しませたくない。そんなことをしてしまえば、僕は本当の意味で終わってしまう。

初恋の彼女が去った一人きりの部屋で、虚空を見つめる。

機械仕掛けの『明日に架ける橋』を鳴らすと、経年で錆びたせいか、その音色は鈍かったけれど、心の一番柔らかい場所に染み込んでいくようだった。

メロディを紡ぎ終えたオルゴールを机の上に戻そうとして気付く。オルゴールを置いていた場所の奥に、嶌本和奏《しまもとわかな》と二人で写った写真があった。一年前に実家を二人で訪ねた時、無理やり母親に撮られた物だ。

陽凪乃はこの写真にも気付いただろうか。彼女は何も言っていなかったが、和奏と二人で写る写真を目にしていたとしたら、何を想っただろう。

4

心変わりをしているわけじゃない。これから先もそういう類の感情を抱くつもりはない。そう思っているのに、陽凪乃《ひなの》を想う心を止めることが出来なかった。

成長して美しい女性になった陽凪乃を、気付けば想い浮かべてしまう。

仕事の後でデパートに立ち寄ったのは、気持ちを揺らされていることの贖罪《しょくざい》を少しでもしたかったからだ。ジェリーベアという、くまをモチーフとしたキャラクターグッズがあり、和奏《わかな》はそれが大好きだった。

罪滅ぼしのつもりで大きめのぬいぐるみを買い、プレゼント包装をしてもらう。

明日は金曜日、一週間振りに和奏と会う約束をしている。

心に渦巻く想いは明かせなくても、一番大切な人は和奏なのだと信じたい。彼女を誰よりも想っているという事実だけは、揺れ動いて欲しくなかったのに……。


いつだって再会はアイロニーに満ちている。

プレゼントの包装を抱えての帰途で、彼女を見つけてしまう。

和奏への想いを貫くと決めたばかりだったのに、決して彼女を裏切らないと固く誓ったばかりなのに、どうして、こんな夜に帰り道で出会ってしまうのか。

午後八時、下弦の月が浮かぶ夜空の真下。

ブルーデージーの咲く公園で、ブランコに腰掛け、舞原陽凪乃《まいばらひなの》が残夏のリズムで揺れていた。彼女の前に野良猫が一匹おり、毛繕いをしていたが、僕が近付くと気付いて逃げ出してしまう。

ブランコに乗る彼女の下には水溜りが出来ていて、夜空の月を映している。一昨日の雨の名残りなのだろう。そう言えば、しばらく前の土砂降りの日、窓が開いていた彼女の部屋は大丈夫だったんだろうか。

「一颯《いぶき》君、こんばんは。また会ったね」

「今日も誰かと待ち合わせ？」

「うん。そうかもね」

ブランコを漕ぐのを止めて、陽凪乃は僕を見つめてきた。

月光を浴びる彼女は今日もとても美しかったが、何だか昔の陽凪乃に戻ってしまったみたいに幼く見えた。

「ねえ。一颯君はさ、小学生だった頃のことって覚えてる？」

「……忘れるわけないよ」

「楽しかったね」

言葉とは裏腹に、何処か寂しそうに陽凪乃は呟いた。

「私は朝霧《あさぎり》村でずっといじめられていたし、一人で泣いてしまう夜も何度かあったけど、でも、君がいた毎日は輝いていたよ」

水溜りを飛び越えて、彼女は立ち上がる。

「一颯君に伝えたことがなかったね」

小首を傾げて、困ったような微笑みを浮かべてから……。

「私は君が好きだった。とても好きだったの」

陽凪乃は左手を自らの胸に当てる。

「私は一颯君を守りたいって思ってた。私が一生をかけて守ってあげようって、そう思ってたんだ。でも……」

彼女の視線が、僕の持つプレゼント包装に向けられる。

「それ、恋人さんに？」

初恋の彼女の、大好きだった少女の、寂しそうな眼差しが突き刺さる。

「……もうすぐ付き合って七年なんだ」

陽凪乃のことが好きだった。とても大切な人だったのだ。焦がれるほどに、呼吸が焼きつくほどに、彼女への衝動的な想いが胸の奥にくすぶっている。

けれど、今の僕には大切にしなければならない人がほかにいる。

嘘はつけない。僕が和奏と過ごした七年間もまた真実なのだから。

「君みたいに優しい人を、ほかの女の子が放っておくはずないよね」

彼女がうつむき、はらりと落ちた髪のせいで表情が見えなくなる。

「陽凪乃はどうなの？　恋人は君にだって……」

「いないよ。いるわけないじゃん」

どうして。君は世界で一番美しいかもしれないのに……。

「だって、私はずっと君のことだけを守りたいって思っていたもの」


そんな目で見つめないで。

そんな声で僕に甘い言葉を囁かないで。

理性が焼き切れて、頭がおかしくなりそうだ。


「今夜は暑いなぁ。夏休みの間、よくうちでアイスを食べたよね」

「陽凪乃の家には、食べたこともないようなお菓子が沢山あったもんな。お嬢様の家は凄いなって、いつも思ってた」

あの監禁事件が起きる前、陽凪乃のお母さんは遊びに来ている僕を見つける度に、本当に良くしてくれた。いつも食べ切れないくらいに、お菓子を出してくれた。手作りで御馳走を振舞ってくれたこともある。

「……アイス、買って来るよ」

「良いよ。そんなの」

「僕が行きたいんだ。待ってて」

失くしたピースを埋めていけば、忘れてしまった思い出すらも取り戻すことが出来るだろうか。こんなにも大切だった彼女のことを、どうして僕は忘れてしまっていたんだろう。忘れることが出来たんだろう。


コンビニでアイスを二つ購入し、息を切らせて公園に戻ったのに、陽凪乃の姿は見当たらなかった。待っていてはくれなかったのだろうか。

十分ほどそこに立ち尽くし、袋の中でアイスが溶けていくのを感じていた。巻き戻せない過去を後悔するように、固形を保てなくなるアイスを僕は……。


アパートに帰宅して携帯電話を確認すると、和奏からのメールを受信していた。

恋人からの文面で思い出す。

誕生日だった。今日で僕は二十七歳になったのだ。

不意に……。

『一颯君はさ、あの日の約束を覚えてる？』

蘇ったのは、朝から雨が降っていたあの日、アパートのエントランスで出会った時の風景。ずっと、あの時、彼女が言った『約束』とは、一体何のことだったのか考えていたけれど……。

『じゃあさ……もしもだよ。もしも、一颯君が……二十七歳になって……それでも結婚出来ていなかったら…………私が、もらってあげるね』

鉄錆と油の匂いが充満したヤードで聞いた、陽凪乃の甘い声。
あの日、あの場所で、閉じ込められていた日の記憶だ。
夜の帳に愚かな僕は、忘れていた過去を思い出す。
まさか陽凪乃は、あの日の約束を果たすために現れたのか？
そんなことのために、僕なんかの目の前に……。

5

誕生日から二日後の土曜日。

昼食の時間に合わせて、和奏《わかな》が僕の部屋へ遊びに来てくれた。

ハンバーグを作ると張り切っている彼女の後ろ姿を、罪悪感を抱きつつ眺める。こんな気持ちのまま彼女と笑い合うなんて、僕は最低だ。

「ねえ、ちょっとソースを味見してみて」

和奏に渡された小皿から、ほのかにワインの香りがしていた。

「あれ、オルゴールが新しくなってる。これ、曲が変わったよね？」

「……うん。ちょっと色々あって」

「色々？」

「……まあ、色々と。ソース、美味しく出来てると思うよ」

「良かった。新しいレシピを試してみたの」

安堵《あんど》の溜息を零すと、和奏は再び台所へと戻って行った。

『水曜の朝、午前三時』のオルゴールは何処にあるのかと聞かれたら、どうしよう。

彼女には嘘をつきたくないけれど……。

「何だか今日は隣が騒がしいな」

振り向いた和奏の眼鏡が、蒸気で少し曇っている。

「隣、ずっと空き部屋だって言ってたよね。引っ越しかな」

壁の薄いアパートだ。雑然とした物音が続いているが、陽凪乃《ひなの》の部屋で何かあったのだろうか。

「……確かめてみるよ」

和奏と陽凪乃、二人の女性の狭間《はざま》で惑う時、いつだって気が狂いそうになる。こんな状況下で平常心を保てるわけがない。二人が鉢合わせすることになったとしても、隣の状況をはっきりさせた方が幾分かマシだ。

サンダルを履き、玄関から顔を出すと、廊下にいた大家と遭遇した。

「ああ。響野《きょうの》さん。すまないね。うるさかったかい？」

「引っ越しですか？」

「いやあ、ちょっとトラブルがあったんだ。一ヶ月くらい前に入居希望者がいて、部屋を案内したんだよ。その時に、うっかり窓を閉め忘れたみたいで、何度か降った雨で畳がやられちまってね。匂いも酷いし、取り替えるしかなくなったのさ」

申し訳なさそうに大家は頭を下げてきた。

「……あの、すみません。この部屋に引っ越してきた女性がいたはずですよね？」

僕の言葉に、大家は不思議そうに首を傾げる。

「いや、ずっと空き家だけど」

「……え。でも赤いカーテンだってかかって……」

「赤いカーテン？」

大家の訝《いぶか》しむような眼差しが突き刺さる。

「住人がいないのに、そんな物あるわけないよ。別の部屋と見間違えたんじゃないのかい？　この前の内見だって男性だし、契約は決まってない」

「……それ、本当ですか？」

「響野さん、顔色が悪いけど大丈夫？」

混乱する頭で、必死に今までのことを思い出していた。

何度もこのアパートで彼女と会っているのに、じゃあ、一体あれは……。

6

舞《まい》原《ばら》陽《ひ》凪《な》乃《の》はアパートの住人ではなかった。

そこにいたはずの人間が、いつの間にか消えている。彼女は確かにこのアパートで呼吸をしていたはずなのに、一体、何が起きているのか……。

もう一度、陽凪乃に会いたい。向き合って確かめたい。そう思うのに、どうして良いか分からなかった。大家に確認したところ、やはり住人は男だけだという。彼女はこのアパートに住んでいたわけではなかったのだ。だとすれば、僕に会うために住人を装って何度も訪れていたのだろうか。

いや……違う。そうだ。違うのだ。

一度、帰宅した時に、鮮血のように赤いカーテンのかかるあの窓から、上半身を乗り出した彼女と言葉を交わしている。

隣の部屋から声をかけられたと思っていたが、別の部屋に知り合いでもいたのだろうか？　それとも内見か何かを口実に鍵を預かり、一時的に訪れていたのか？

陽凪乃に対する感情が整理出来ない。

僕は今、彼女のことをどう思っているんだろう。

突然の再会に直面し、胸が抉《えぐ》られるほどの衝撃に晒されたのは間違いない。大好きな少女だったのだ。彼女の存在は、少年時代の唯一と言って良い救いの記憶ですらあった。あれほどまでに切実だった想いは、色褪《いろあ》せてはいても死んでいなかった。陽凪乃のことを考えるだけで、プロポーズをしようと決意していた恋人にさえ、真っ直ぐ向き合えなくなってしまう。

人は弱い。心はこんなにも醜い。ただ誠実であることが、こんなにも難しい。陽凪乃に対して抱くこの想いは、どう考えたって憧憬にも似た恋心だった。嶌本和奏《しまもとわかな》に抱いていたはずの愛情が、形のない刃で削り取られていく。拒絶されることはあっても、こちら側からは揺らぐことなどないと思っていた想いが、こんなにも容易《たやす》くぶれてしまう。

大家と会ってから一週間が経っても、陽凪乃とは遭遇出来ていなかった。毎晩のようにあの公園を見に行っていたが、彼女の姿は見つからない。

ただ話をしたいだけなのに、それだけのことがこんなにも難しい。

週末、和奏と待ち合わせたのは、彼女の最寄り駅にあるファストフード店だった。

眼下に交差点を見下ろせる二階の窓際、味もよく分からないポテトを口に運びながら、上の空で話を聞いていた。

「今日も一颯《いぶき》君は心ここにあらずだね」

この距離で向き合っていれば、何もかもを見通されてしまうのも必然だった。

「最近はずっとそうだよ」

「……ごめん」

彼女が欲しいのは、きっと謝罪の言葉じゃない。それは分かっていたけれど、代わりに差し出すべき想いが見つからない。

「悩んでいることがあるんでしょ？　私には話せないようなことなの？」

何もかもを話してしまえば、多分、それで終わりだ。舞原陽凪乃への想いも、蔦本和奏への想いも、何一つとして整理が出来ていない。そんな状態で何かを口にすれば、言葉にした先から、想いが朽ちてしまうような気がしていた。

「私は大丈夫だよ」

彼女の言わんとすることが分からず、窺うような視線を向けてしまった。

「一颯君のことは私が一番理解しているつもりだもの。だから、もしもあなたの心が揺れるようなことがあれば、きっとそういうことなんだって思うもの」

彼女は今、笑っているんだろうか。それとも泣いているんだろうか。

「一颯君はいつも自分の気持ちを殺しているよね。そうと自分でも気付かないまま殺している。ずっと考えてたんだ。きっと私の居場所はそこにあるんじゃないかなって。私がいたかったのは、きっと、あなたがいつも殺してしまう場所だったんじゃないかなって」

何も答えられずにいると、

「ねえ、気分転換に少し歩かない？　一緒に行きたい場所があるんだ」

和奏は哀しそうな顔のまま、そう言って微笑んだ。

お店を出ると、彼女は住宅街の中にある路地に入って行く。

和奏の家とは方向が違うし、商店街も逆だ。一体、何処へ向かうつもりなのか。

街路樹の下、狭い歩幅の足取りで前を行く背中を見つめる。小道は傾斜になっており、けやき通りを抜けると、小高い丘へと続く階段が設置されていた。

両側の手すりには蔦《つた》が絡みつき、インパチェンスに彩られた細長い階段は、うねりながら空へと続いている。

幾つの階段を上っただろう。不意に視界が開け、色取り取りの木立に囲まれた小さな公園が現れた。ベンチが設置してあるだけで、一つの遊具もない小さな公園。人影も見当たらず、周囲に住宅しかないせいか、一切の騒音から遮断されていた。

「この街に引っ越してから、休日に散歩をするようになったの。もう若くはないし、少しくらい身体を動かそうって思って。その時にね、ここを見つけたんだ」

案内されるままベンチの前へ進み、背の低い緑の隙間に見えた光景に息をのむ。

眼下に彼女が暮らす街が広がっていた。

よく晴れた空の真下、街全体を一望出来る。

「とっておきの場所なの。仕事で失敗した時、生活に疲れて負けそうになってしまう時、ここから街を見下ろしてる。そうするとね。私の悩みなんて、ちっぽけなものだって、そう思える」

鳥のさえずりが聴こえ、振り返ると木々の間に小鳥が舞っていた。

「この公園には色んな種類の鳥たちが集まって来るんだよ。不思議だよね。彼らはいつだって空から街を一望出来るのに、この場所に集まって来る」

左手の甲に、彼女の指先が触れた。

「一颯君は私たちの関係に束縛されているって感じてる？　将来のことをきちんと考えなきゃって、プレッシャーを感じてる？　あなたは真面目な人だから、いつも私たちのことを考えてくれているって知ってるよ。感謝もしている。でもね」

和奏は横にあった薔薇《ばら》に指先を伸ばした。赤い花ではなく、その下の茎、棘《とげ》に指先で触れる。

「恋は荊《いばら》じゃないよ。あなたを縛る鎖なんかじゃない」

和奏は公園を見回す。

「私はあなたを縛りつける荊になんてなりたくない。そうじゃなくて、一緒に未来を切り拓《ひら》いていきたいの。恋は二人で広げていくものだって思うのよ。上手くいかないことは沢山ある。言えないことも、聞いて欲しくないことも、きっと沢山ある。でもね、あなたは行きたい場所へは何処へだって行けるよ」

ベンチの前に二羽のヒバリが舞い降りる。

「一颯君がもしも何処か別の場所へ飛んで行きたいのなら、快く送り出せるよ。あなたを見送れる。だって私は疲れた時にあなたが帰って来たいと思える場所でいたいもの。そういう人でありたいもの」

翼をつつき合う二羽は、つがいだろうか。

「……ごめんなさい。私は言葉が下手《へた》だから、上手く伝えられていないよね。でもね、あなたと分かり合いたいの。だから話して欲しい。あなたが感じている強い想いがあるのなら、私には話して欲しい」

彼女の言葉に戸惑っていた。時に、誠実さとの対面は、糾弾よりも痛い。

行き止まりにも似た迫真を伴って、彼女の訴えが内奥に突き刺さっていた。


「……和奏と出会う前に、一度だけ人を好きになったことがある」

二人の交際が始まって、随分と打ち解けた後で尋ねられたことがある。自分以外の誰かと付き合ったことがあるか。過去、彼女に尋ねられた恋愛にまつわる質問はそれだけだ。答えはノーだったし、それ以上の追及を受けることもなかった。

「小学五年生の時に同級生だった子で、彼女のことが本当に大切だった。それは切実なまでの想いで、ずっと彼女のことを忘れられずにいた」

陽光の下、和奏は穏やかな眼差しで僕を見つめていた。

「馬鹿みたいって思うでしょ。自分でも分かってはいるんだ。子どもの頃の恋だったのに、どうしてこんなにも忘れられないのか、自分でも不思議に思う」

「……彼女の名前は？」

「陽凪乃。舞原……陽凪乃」

「……素敵な名前だね」

痛みみたいな感情さえも噛み殺して、彼女は微笑みを浮かべていた。

「和奏のことは大切だよ。君と生きていくんだろうなって、それは漠然とした考えだったけど、確かにそう思ってた。でもさ……」

滑り出したら、もう止まらない。

言葉にしてしまったら後戻りは出来ない。

「陽凪乃に再会したんだ。十六年振りに彼女に会ってしまった」

和奏の口がポカンと小さく開かれた。

「……何処で？」

「僕のアパートで」

「……どういうこと？」

自分でも上手く整理出来ていない状況を、混乱した頭で告げていく。

「最初は隣の部屋に引っ越して来たのかと思った。エントランスでも会ったし、アパートの下を歩いている時に、窓から声もかけられている。それに……」

言いにくいことだったが、ここまできたら告白しないわけにもいかない。

「一度だけ、彼女が部屋に遊びに来たこともある。和奏もオルゴールの曲が変わったことに気付いていてただろ。あれ、交換したんだ。『明日に架ける橋』は陽凪乃が大切にしていた曲だったんだよ」

「あれは陽凪乃さんの物だったってこと？　……どうして。だって、そんなこと……」

「こんな偶然、有り得ないって思うよな。でも、全部本当なんだ。それなのに大家に聞いたら、今もアパートに女性は住んでないって言うんだよ。誰か別の住人の友人だったのかなって思った。と言うより、そうとしか考えられなかった。だけどさ、十六年振りだよ。こんな風に偶然再会するなんて有り得ると思う？」

「一颯君はどう考えているの？」

「僕に会いに来たんじゃないかって思った。そう考えてしまったら、もう彼女のことが頭から離れなくて……」

　こんなことを恋人に告げるなんて最低だと理解している。

だけど、もう何もかもを告白せずにはいられなかった。

「……ごめんな」

「どうして謝るの？」

　和奏は失望みたいな何かを隠し切れないでいた。

「ごめん。本当にごめん……」

「言葉に詰まらないでよ。私は別に責めてなんていないから」

閃輝暗点と共に、鈍い痛みが後頭部に生じ始めていた。

このまま持病の偏頭痛が始まるのだろう。

気が付けば、二羽のヒバリも目の前から消えている。

「……陽凪乃のことが頭から離れないんだ。生まれ育った村から引っ越して、僕には友達が一人もいなくなった。切実だったんだ。彼女への想いが僕を支えるすべてだった。彼女を想うことだけが、幼かった僕にとって世界のすべてだったんだよ」

和奏の目を直視出来ずにうつむく。

「陽凪乃と再会した時、自分の正気を疑った。でも、確かに彼女はそこにいたんだ。僕のことを覚えていてくれた。恋人がいるって話したけど、笑ってくれた」

最低最悪なことを言っているという自覚はある。

だけど、もう本当のことしか伝えられない。

「和奏。僕を赦《ゆる》せない時は、首を絞めて殺して欲しい。今更こんなことを言う僕を、君の自由にして欲しい」

「そんなこと出来るわけないじゃない。お願いだから極端なことを言い出さないで。私は恋人だよ。あなたに何が起きても、一緒に向き合いたい」

「こんな想いのまま誰かを愛したり出来ないよ。陽凪乃のことを思い出してしまった日から、もう僕のすべては……」

迷うような素振りを見せた後で、和奏は自分の胸に手を当てた。

「正直に言うとね。急にこんなことを言われて戸惑ってるよ。でもね……」

今にも泣きそうな顔で、だけど気丈に表情を作って、和奏は言葉を続ける。

「秘密があるのは一颯君だけじゃないよ。話したくないこと、話せないことは、誰にだってある。私だって例外じゃないもの。いつかは一颯君に話さなきゃいけないって思っていた秘密が、私にもあるわ。だから、お願い。投げやりにならないで。ゆっくりで良いから理解させて欲しいの」

真摯な想いに触れて、なお惑う自分を呪ってしまいたかった。

「僕には陽凪乃が何を考えているのか分からない。泣きたくなるくらいに、今の彼女のことを何も知らない。でも、それでも、すべてだったんだよ。舞原陽凪乃が太陽だった。孤独な僕にとって、彼女の存在だけが切実なまでに光だった。……ずっと会いたかった」

こんなことを告げるくらいなら、いっそのこと死んでしまいたい。

「ごめんね。さっきも言ったけど、こんな僕を赦せない時は、殺してくれて構わないから。君にそうされるなら、てんで構わないから」

「何でそんなことを言うのよ。私たちが喧嘩《けんか》をする時は、いつも同じ理由だった。一颯君が自分を大切にしない時よ。私、何度もあなたに言ったわ。私が赦せないのはそれだけ。いつだって、それだけだったのに」

「勝手なことを言うけど、僕のことはもう忘れて欲しい。こんな想いが胸に湧き上がってしまったら、もう誰のことも愛せない。愛される資格もない」

「……陽凪乃さんのところに行くの？」

「確かめたいんだ。陽凪乃が幸せでいるかどうかを確かめないうちは、もう何処へだって進めない」

こんな想いを胸に抱えてしまったのに、和奏の恋人でいるなんて赦されるはずがない。そんな失礼なことは彼女に出来ない。

「陽凪乃さんが何処にいるかも分からないんでしょ？」

「探すよ。何度か会った場所がある。何ヶ月でも、何年でも陽凪乃を探し続ける」

「私も同じように一颯君のことを待ち続けると言ったら？」

「それは駄目だよ」

「どうして？　それこそ私の勝手だわ」

こんな言葉を告げたくないのに。

これ以上、一ミリだって和奏を傷つけたくないのに。

「僕が陽凪乃に対して抱いている想いは、和奏に対して感じていたのとは、きっと別の種類のものだ。悩むだけ悩んで気付いてしまった。陽凪乃への想いが愛情と呼ばれる類のものなのだとしたら、僕は二度とほかの誰に対しても愛情を抱けない。このどうしようもない切実な想いだけが愛情だと思うんだよ」

嶌本和奏の瞳から、一筋の涙が零れ落ちた。

出会ってからの長い時を、穏やかでも優しい想いに満たされていた二人の時を、僕は今、こんなにも残酷な言葉で踏みにじってしまった。

いっそのこと殺してくれたら良い。そう告げた言葉は嘘じゃない。


それ以上、僕たちは何一つ言葉を交わせなかった。

長い、来た時よりも数倍は長く感じる階段を下りて、無音の住宅街をゆく。駅へと向かう僕の後ろを、和奏は少しだけ離れてついて来ていた。

多分、もう二度と和奏に優しくしてはならない。そう分かっていたのに、駅まで辿り着くと、片手で顔を隠しながら泣いている彼女の頭に手を置いてしまった。

「……ごめんな。僕はもう行くから」

彼女を見ていられなくて視線を逸らす。

交差点をゆく人々は、誰一人として泣いている和奏に気付いていない。こんなにも僕らはちっぽけで、ずっと、お互いだけが支えだった。だけど残酷な終わりは来る。こんなにも急に、予期せぬ形で、終わりは何もかもに訪れるのだ。

そして、その時……。

駅に目を移すと、ホームへと続く二階の窓に、予期せぬ人影があった。

「陽凪乃……」

信じられなかった。窓の向こうから僕らを見下ろしている女性。見間違えようがない。哀しそうな眼差しでこちらを見ていたのは舞原陽凪乃、その人だった。

「どうしてここに……」

こんな偶然があるだろうか。和奏が暮らす街の駅でも会うなんて……。

視線が交錯したことに気付き、表情を歪めて目を逸らすと、そのまま陽凪乃はホームへと向かって消えてしまった。

迷っている暇はない。

陽凪乃を追おうと咄嗟《とっさ》に駆け出すと……。

「待って！」

右腕を和奏に掴まれ、引き戻された反動で肩にかけていたバッグが地面に落ちる。

和奏は涙交じりの瞳で僕を見据えていたが、今、追いかけなければ二度と陽凪乃に会えない。そんな予感に、哀しくも確信めいた説得力をもって襲われていた。

「……ごめん。僕のことはもう忘れて」

彼女の腕を振り払って、再び駆け出す。

悲鳴の残響を聞きながら、バッグも拾わないで駅の入口へと向かった。

改札を駆け抜け、段飛ばしで優しさを踏みにじっていく。

階段を駆け上り、ホームに飛び出して、陽凪乃の姿を探す。

人混みの向こうに、彼女の背中を必死で探し求める。

「……陽凪乃。……陽凪乃！」

揺れるようにホームを走りながら、人混みの中でその名を叫ぶ。

ただ会いたいだけなのに、もう一度、きちんと向き合いたいだけなのに。

僕はまたしても蜃気楼のようにして彼女を……。

消えた彼女の影を追い求め、あてもなくホームを彷徨《さまよ》っていた。

朝霧《あさぎり》村の知人どころか、中学や高校の同級生にすら僕の住所を知っている者はいない。就職を機に引っ越しているから、大学時代の知人にもアパートの住所は教えていない。僕の住所を知り得る数少ない誰かと、陽凪乃《ひなの》が偶然知り合いだったなんて有り得るだろうか。とてもじゃないが、そんな風には思えなかったし、残る可能性は一つだけだ。陽凪乃は僕の実家を訪ねて、現在の住所を聞いたのだ。それ以外には考えられない。

7

電車が発車し、ホームが閑散とした隙に、携帯電話で実家へコールする。

『はい。響野《きょうの》です』

随分と長い呼び出しの後で聞こえてきたのは、懐かしくもない叔父の声だった。

「……あんた、また実家に転がり込んでたのかよ」

『その声は一颯《いぶき》か？　久しぶりだってのに、ご挨拶だな』

受話口の向こうにいたのは、父の弟である叔父だった。

　叔父は十五歳年上だから、もう四十二歳だ。未《いま》だ定職に就かず、家族も持たずにフラフラと自由気ままな生活を営んでいる。不意にいなくなったかと思えば、何の連絡もなしに実家に戻ってくる。そんな生活を繰り返していた。

　奔放で遠慮がなく、粗雑な叔父が僕は好きではない。無思慮な言葉に傷つけられたことも一度や二度じゃないのだ。

『お前が電話してくるなんて珍しいじゃないか。兄貴も義姉《ねえ》さんも愚痴ってたぞ。相変わらず連絡がつかないってな』

「余計なお世話だよ。あんたこそ、もう良い歳だろ。自立しろよ」

『言うようになったじゃないか。兄貴たちは夜まで帰って来ないはずだから、伝言があるなら伝えてやるが、どうする？』

「……そっちはいつから実家に帰ってたわけ？」

『半年前だよ』

　また仕事を辞めたのだろうか。何回転職を繰り返すつもりなんだろう。半年前から実家に転がり込んでいるなら、陽凪乃に会っている可能性もあるだろうか。

「聞きたいことがあるんだ」

『手短に頼むぜ。こっちも暇じゃない』

「朝霧村に住んでいた時の知り合いなんだけど、舞原陽凪乃《まいばらひなの》って子がいたんだ」

『知ってるよ。その名前を忘れられるわけないだろ』

あの当時、漁村を変革するためにやって来た舞原家の人間は、地域開発に反対する村人たちから目の敵《かたき》にされていた。叔父はそういう活動に絡むような性質《たち》ではなかったが、さすがに舞原家の名前くらいは覚えているようだった。

「最近、その子から連絡がなかったか、覚えてない？」

核心を問うと、沈黙が返ってきた。

実家には叔父のほかに両親と祖父母が暮らしている。どういう手段で連絡を取ってきたのかは分からないが、対応したのは叔父ではなかったということだろうか。

ホームには再び人が集まり始めている。増していく騒々しさの狭間で、

『……お前、まだそんなこと言ってんのか？』

ようやく聞こえてきた叔父の声のトーンが心なしか低くなっていた。

「どういう意味だよ」

あの当時、舞原家を村中の誰もが快く思っていなかったのは事実だ。しかし、今更咎《とが》められる筋合いはない。まだそんなことを言っているのかは、こっちの台詞だ。

『一颯。本気で言ってんのか？』

「だから何が？　言いたいことがあるなら、はっきり言えば良いだろ」

『あの事件があってから、何年経ってると思ってんだ』

「あんたが会ってないならそれで良いよ。お祖母《ばあ》ちゃんに代わってくれ」

『目を覚ませよ。お前、恋人だっているんだろ？　去年、顔合わせに連れて来たらしいじゃないか。そんなことまでやっといて、いつまで……』

「あんたに関係ないだろ。おかしな方向に話を逸らすなよ」

『これ以上、下らないことで電話をかけてくるな。時間の無駄だ』

強い口調で告げられ、次の瞬間には通話が切れていた。

昔から自分勝手な人間だったが、相変わらずの無思慮な言動に憤りを覚える。かけ直してもあいつの態度は変わらないだろう。

幸い明日も仕事は休みだ。実家に確かめに行こう。それが一番手っ取り早いし、面と向き合えば、話したくないことでも聞き出せるはずだ。

日帰り出来る時刻ではないから、一度帰宅して帰省の準備をする必要がある。

自宅へと向かう電車に揺られながら、突き刺すような痛みを胸の奥に感じていた。

和奏《わかな》に別れを告げて以来、この痛みは引くことなく疼《うず》き続けている。それでも、もう引き返せない。二度と後戻りは出来ない道に足を踏み入れたのだ。

自宅で一日分の着替えをバッグに詰め、靴を潰し履きにして、ドアを勢いよく開ける。そこで予期せぬ顔と対面した。

戸惑うような眼差しの和奏が立っていたのだ。まさか追いかけて来たのか？

「……一颯君」

和奏の視線が僕の持つバッグに向けられる。

「その荷物、何処へ行くの？」

「僕のことは忘れてくれって言ったよね」

進路を塞ぐようにして、和奏は正面に立った。

「話さなきゃいけないことがあるの。どうしても謝らなきゃいけないことが……」

「言わなくて良いよ。もう何を聞いたところで意味なんてない。君が僕に謝らなきゃいけないことなんて何一つないし、たとえどんな秘密があったとしても、僕にそれを責める権利もない。どいてくれ」

羽織っていたコートの裾を両手で摑まれた。

「一颯君が望むなら、別れの言葉だって受け入れなきゃいけないって思ってる。でも、これが最後で構わないから、聞いて欲しいことがあるの」

「何度も言わせないでくれ。これ以上、君を傷つけたくないんだ」

「あなたに傷つけられることを、私が躊躇うと思う？」

コートの裾を握る和奏の手を無理やり引き離した。

彼女を押して、扉から外に出る。

「一颯君をどうして好きになったのか、話したことなかったよね」

「言わなくて良い。今更聞いても仕方のない話だ」

部屋に鍵をかけると、廊下で立ち塞がっていた彼女の肩に手を置く。動くまいと抵抗する彼女を押しのけ、立ち去ろうとすると背中にしがみつかれた。

「離してくれ」

「あなたを支えたいの。支えさせて欲しいのよ！」

「終わったんだ！」

こんなこと言いたくないのに、彼女は悪くなんてないのに、すがりつく彼女から離れるために、思わず叫んでしまう。

「僕たちはもう終わったんだよ！」

もう一度告げると、しがみついていた愛情みたいな力が抜け、和奏はその場に泣き崩れてしまう。

止まらない嗚咽《おえつ》と激しい慟哭を背に、取り返しのつかない罪悪感に支配されていた。

誰よりも僕を大切にしてくれた女性なのに、あんなにも真っ直ぐな愛を注いでくれた人だったのに。僕は彼女を選べない。もう和奏に優しくする資格すらないのだ。

「ごめんね。僕みたいな奴のことは、早く忘れてくれると嬉しい」

泣きじゃくる和奏を残して、その場を立ち去る。

「……行かないで」

消えそうな声が背中に届いたが、振り向くことはしなかった。すべてを終わりにしなければならない。そうしなければ陽凪乃を求めることさえ叶わない。


酷い偏頭痛に苦しめられながら、新幹線に二時間ほど揺られ、薬を持って来なかったことを悔やみながら実家へと辿り着く。

帰省するのは、一年前に和奏を連れて来て以来のことだった。次に帰る時、こんな感情を抱えることになっているなんて、誰が想像出来ただろう。

両親は共に出掛けており、叔父や祖父母も不在だった。

陽凪乃が僕の家族に連絡を取ったことは間違いないだろう。だが、相手までは推測がつかない。正直に素性を明かしたとも思えないし、直接訪ねて来る以外の方法を取った可能性もある。

電話か手紙か。はたまた僕なんかには想像もつかないような方法か。

母は几帳面《きちょうめん》な性格で、もらった手紙は儀礼的なものまで丁寧に取っておく。手紙類をしまっていたのは確か……。

母がこまごまとした物を管理しているボックスの前に立ち、上段から開けていく。手紙は上から三段目の棚に整頓されていたが、目ぼしい差出人の手紙は発見出来なかった。一つ下の段を開けると、そこにも古い手紙が保管されていた。順番に確認していくと、虚を突かれる名前と出会う。美麗な封筒の表に、達筆な字で『響野一颯』と宛名が書かれていたのだ。僕宛ての手紙が、どうしてこんなところに……。

裏返すと、差出人欄には『舞原陽葵《まいばらひまり》』と書き込まれている。

太陽の字を持つその名には見覚えがあった。舞原陽葵は陽凪乃の母親の名前だ。どうして陽凪乃の母から僕に手紙が……。

もう一つ、奇妙な事実に突き当たる。送られてきた日付を確認しようと思ったのだが、消印が見当たらなかった。何故、消印のない手紙がうちに……。

早鐘を打ち始めた心臓を抑えながら封筒を開く。しかし、中には何も入っていなかった。手紙が抜き取られていたのだ。

混乱に拍車がかかる一方だった。

空っぽの封筒を見つめながら、どれくらい立ちすくんでいただろう。

居間の方から物音が聞こえ、目をやると叔父が帰って来ていた。

「見慣れない靴があると思ったら、お前か。何しに来やがった」

「実家に帰って来て文句を言われる筋合いはないよ。それより、これを見つけたんだ」

僕に宛てられたその手紙を見せる。

「こんな物がうちに届いていたなんて知らなかった。ずっと隠されていたんだ」

「知らねえよ。その話は時間の無駄だって言ったろ」

きびすを返した叔父の肩を掴み、引き戻す。

「陽凪乃が何処にいるか、どうしても知らなきゃ駄目なんだ。頼むよ。どんな些細《ささい》なことでも良いから、思い出せることがあったら教えてくれ」

「そんなに知りたいなら朝霧村に行きゃ良いだろ。自分の目で確かめて来いよ」

「……朝霧村に？」

「一文の得にもならねえことに、これ以上、俺を巻き込むな」

叔父を離すと、強く小突かれ、畳の上に尻餅をついてしまった。

朝霧村にもう一度、帰る。そんなこと、これまで一度だって考えたことがなかった。陽凪乃の家族が今もあの村で暮らしているのか。僕はそれすら知らない。現在の彼女の家庭環境を知ることは、視界の利かない現状を打破する一手になり得るだろうか。

8

僕が生まれ育った朝霧《あさぎり》村は、深刻な過疎化に悩む田舎の漁村だ。

十六年振りに故郷に降り立ち、駅から出ると潮の匂いが鼻をついた。

駅前通りですら人がほとんどいない。活気を失った商店街には、閉じたシャッターが目立っている。十年以上が経った今、故郷は輪をかけて寂れていた。歩き始めても老人としかすれ違わない。子どもの姿など何処にも見当たらない。

需要のない伝統工芸、客のいない土産物屋、日に焼けて朽ちた看板が物寂しい。

あの頃、ジリ貧だった漁村の変革のために、舞原《まいばら》一族がやって来た。村民の激しい反対を受けながらも、行政のサポートを受け、確かな改革が進んでいたはずだった。村は変わっていくはずだった。

だけど十六年が経った今、漁村の現状はどうだ。何も変わっていないどころか、昔より悪くなっているようにしか見えない。

三角州から続く河川敷を、丘陵地に向かって進んで行く。

漁村を一望出来る丘の上に佇む大豪邸。懐かしい彼女の自宅は、遠くからでもその存在を確認出来た。陽凪乃《ひなの》の両親は現在もこの村で暮らしているのだろうか。

抱いていた疑問の答えは、門の前に立っただけで判明する。

「……何だよ、これ」

取り壊されていないだけ。かつて陽凪乃とその家族が暮らしていた豪邸は、既に廃墟となり朽ち果てていた。門の入口に張られた蜘蛛《くも》の巣が、時間に忘れられたかのようによれている。門をくぐり抜けると、荒れ放題の庭が目に入る。かつて窓を覆うカーテンは血のような赤だったのに、歳月と共に光に焼け、色褪せていた。

陽凪乃の家族は既に朝霧村を去っていたのだ。

彼女の家族がいないのであれば、ここにいる意味もない。

徒労とやるせなさを胸に抱いたまま、駅までの帰り道をゆく。

陽凪乃たち家族がこの村にやって来たことには、少しでも意味があったんだろうか。

何一つ残せないまま、ただ娘の心に大きな傷をつけて……。

駅に降り立った時は無人だったのに、戻った時には二人の駅員がいた。還暦を過ぎていそうな彼らは、ワイドショーを見ながら談笑している。忙しくしているようには見えない。

「……すみません。お尋ねしたいことがあるんですが」

小窓から声をかけると、テレビの音量を下げて、駅員が笑顔を向けてきた。

「はいはい。旅行者さんかな。何ですか」

こんな小さな駅だ。普段とは違う利用客は一目で分かるのだろう。

「昔、この村に舞原という家族が住んでいたと思うんですが知っていますか？」

「舞原さんねぇ。そりゃ、知ってるよ。知らない者はいないさ。有名な一族だ」

「今はもうこの村にいないんですよね？」

「そうだねぇ。もう十年以上前になるのかな」

カレンダーを眺めながら言った駅員の言葉に、奥にいたもう一人が顔を上げた。

「舞原さんのところが帰ったのは九年前さ。ちょうど今くらいの時期だった」

九年前のこのくらいの時期に引っ越した……。

その数字が正しければ、当時の陽凪乃は十八歳、高校三年生である。朝霧村には高校がないが、電車に二十分も乗れば幾つかの進学先がある。陽凪乃もその何処かに通っていたのだろうし、高校三年の秋に編入で転校するとは考えにくい。

「舞原さんの家族は全員が、その時に引っ越されたんでしょうか？　娘がいたと思うんですが」

「もちろん、娘さんは残ったさ。ああいうものは無闇に移動するものじゃない」

その言葉のニュアンスに違和感を覚えた。高校三年で学校を移る生徒は極めて稀《まれ》だろう。それは分かる。だけど……。

「何て言ったっけかなぁ。娘さん」

「陽凪乃です。舞原陽凪乃」

「そんな名前だったねぇ。お客さん、彼女に会いに来たのかい？　こんな田舎じゃ、村の案内も駅員の仕事のうちだ。道順を書いてあげるから待ってなさいな」

戸惑いつつも頷くと、駅員は反古紙の裏に何かを書き始める。

「ほら。迷うような道順でもないし、これで行けるさ」

受け取った用紙を見つめながら、再び駅を出る。

太陽が隠れ、小雨が降り始めていた。

濡れるのも気にせずに、その一歩を踏み出す。

手にしたメモに雨が当たり、インクが滲《にじ》んでいった。だが、読めなくても問題はない。示された道順の先に何があるかくらい覚えている。僕の記憶が確かならば、そこにあるのは……。

どうして駅員はこんな場所を教えてきたのだろう。

天気雨に打たれながら、目的地に到着した時。

僕は生まれて初めて、自分の身体が軋《きし》む音を聞いたような気がした。

幕間

プロローグをもう一度

1

長い眠りから目覚めた時、かすむ視界の向こうに見えたのは、見覚えのない真っ白な天井だった。意識を朦朧《もうろう》とさせたまま、視線をずらすと点滴台が目に入る。そこから伸びた管が右腕に、酸素チューブが鼻に繋がっていた。

ああ、そうか。僕は助かったのだ……。ようやく、そんなことに気付く。

ここは僕らが監禁されていた、鉄錆と油の匂いが充満したヤードではない。

頭を押さえながら重たい上半身を起こす。見知らぬ病室には、もう一つベッドが置かれていたが、別の患者の姿はなかった。今は何時なのか。ここは一階のようだけれど、窓の向こうに広がるのは暗闇ばかりで、時刻までは分からなかった。

窓ガラスに映るのは、無力な小学生の姿。

結局、ヤードから助けてくれたのは誰だったんだろう。

僕は哀しいくらいに無力だった。陽凪乃《ひなの》を助けたかったのに無様に捕まり、彼女と同じように監禁され、何も出来ない子どもなのだと思い知らされた。

鈍い音と共に、病室のドアがゆっくりと開いていく。

「……一颯《いぶき》。一颯！」

急《せ》き込んで僕の名前を叫び、駆け寄って来たのは母だった。手にしていたバッグがその指から落ちたが、母はそれを拾うより先に僕を力強く抱き締める。

「良かった！　本当に良かった。あなた、四日間も眠り続けていたのよ。お母さん、もう駄目かもしれないって……」

「……痛いよ」

「ごめんなさい。興奮しちゃって……」

僕から離れた母の両目に涙が滲んでいた。ヤードに監禁されてから何日目に救出されたのかも分からないけれど、本当に心配させてしまったのだろう。

「そうだ。先生を呼んで来なきゃ……」

「あ、待って」

「どうしたの？　何処か痛む？　気分が悪い？　何でも正直に言うのよ。あなた、本当に生死の境を彷徨《さまよ》っていたんだから」

「まだ頭はぼーっとするけど、僕は大丈夫だよ。ただ……」

「ただ？」

「陽凪乃は何処にいるの？　一緒に助けてくれたんでしょ？」

その問いを受けて、母の表情が引きつる。

どうしてそんな顔をするのだろう。幾ら舞原《まいばら》家が漁村の敵でも、彼女自身には何の罪もないのだ。彼女の両親は地域開発の先鋒かもしれないが、陽凪乃は僕らと同じただの小学生だ。

友達が欲しくて、皆と一緒に笑っていたいだけの、普通の小学生なのだ。


「……亡くなったわ」


「嘘だよ……」

自然と拒絶の言葉が零れた。

「一緒に閉じ込められていたんだ。僕だけ助かって、陽凪乃が死ぬなんて……」

「あなただって死んでいても不思議じゃなかったの。だって一週間も……」

そんなわけない。僕を騙《だま》そうとしているに違いない。陽凪乃が舞原家の娘だから、僕が二度と近付かないように、死んだなんて嘘をついて引き離そうとしているんだ。

「先生を呼んでくるから。少し待っててね」

何も言えない僕の頭を優しく撫《な》でてから、母は病室を出て行った。

朦朧としていた頭に、ヤードで過ごした日々の記憶が少しずつ蘇っていく。

微熱があると言っていたし、陽凪乃は何度も咳き込んでいた。

ほんのりと赤い顔をしたまま、自分は食欲がないからと、わずかなパンもペットボトルの水も僕に差し出してくれた。陽凪乃の方が長く閉じ込められていたのに、僕なんかよりずっと憔悴《しょうすい》していたはずなのに……。

もしも本当に陽凪乃が死んでしまったのだとしたら……。

僕のせいだ。僕が残りの食料を全部食べてしまったせいで……。彼女を助けられたのは僕と玲輔《れいすけ》しかいなかったのに、肝心の僕が失敗してしまったせいで……。

右の拳を握り締め、上手く力も入らないまま布団を殴りつける。

嘘だ。嘘だ。嘘だ。嘘だ！

僕のせいで、僕が駄目な男だったせいで、陽凪乃が、陽凪乃が……！

母と共にやって来た医者や看護師が、色んなことを説明してくれたような気がするけれど、ほとんど何も頭に入らなかった。

そうだ。僕はまだヤードの中にいて、悪い夢を見ている途中なのだ。目覚めれば、あの薄暗い倉庫で陽凪乃と力なく手を繋いでいるに違いない。

点滴は続けるが、出来るだけ食事もとるようにと言われ、味気ない病院食が運ばれてくる。しかし、ほとんど口をつけることが出来ずに残してしまった。

万全の状態に回復するまで入院が必要だと言われ、母は何度も僕の手を強く握ってから帰って行った。どうやら隣のベッドには入院患者がいないらしい。一人きりで病室に残され、この悪夢みたいな幻が早く覚めるように祈っていた。

陽凪乃が死んだなんて、そんなことあるはずがない。夏休みの間中、一緒にサッカーをしていたが、彼女よりも体力があるなんて感じた瞬間は一度だってなかった。

医者や看護師までもがグルになって、僕を騙そうとしている。そうまでして舞原家を拒絶し、朝霧《あさぎり》村から追い出そうとしている。そうとしか思えなかった。

僕は陽凪乃と出会って、初めて心の位置を知った。鮮やかな恋をした。彼女のしなやかな心と、生命力に満ちた美しさに、心のすべてを奪われた。

彼女のことは僕が守る。陽凪乃を守ることだけが、僕が男として生まれた意味なのだ。だから認めない。陽凪乃が死んだなんて、絶対に認めるわけにはいかない。

不意に、病室にノックの音が響いた。

どうしてだろう。聞こえてきたのはドアの方向ではなくて……。

窓に目をやり、その向こうに佇む人影を見つけた時、魂が千切れるような熱情が沸き上がった。

「……陽凪乃」

窓の向こうで彼女の唇が小さく動く。告げられた言葉は見当もつかなかったが、やはり嘘だったのだ。大人たちの言葉は真っ赤な嘘だった。

まだ力の入らない足で床に立ち、点滴台を引きずりながら、裸足《はだし》のまま窓まで歩み寄る。この病室が一階で良かった。窓の向こうには手入れのいき届いた庭園が広がっており、街灯と病室の灯りを受けて、陽凪乃が笑みを浮かべていた。

窓を開けると吹き込んできた夜風が、頬を優しく撫ぜる。

「良かった。一颯君、やっと目覚めたんだね」

「陽凪乃は……」

「私は大丈夫。入院もしてないよ。でも、一颯君が巻き込まれてしまったのは私のせいだし、お見舞いに行ったら絶対に会わせないって……」

「それ、うちの両親が？」

陽凪乃は曖昧に笑い、両手の指先を後ろで合わせると、ワルツでも踊るように、くるりとその場で回って見せた。

「良いの。だって、一颯君が無事だったんだもの。私にとってはそれがすべてだよ。本当に心配したんだからね。毎晩、様子を見に来ていたんだから」

「……ごめん」

「謝らないで。一颯君は私を助けに来てくれたじゃない」

「じゃあ……ありがとう？」

「うん。そっちの方が好き」

屈託なく笑うと、陽凪乃は僕の腕から繋がっている点滴に目を移した。

「それ、しばらくつけてないと駄目？」

「四日間も眠っていたみたいなんだ。これで栄養を身体に入れていたんだって。でも、もう大丈夫だよ。まだ身体はフラフラするけど、ご飯だって食べられるから」

両手を広げて、陽凪乃は空を仰ぐ。

「夜風が気持ち良いの。まだ夏が残ってるんだ。私ね、あんなに楽しかった夏休みは初めてだった。一颯君は毎日、会いに来てくれたよね。本当に嬉しかった」

彼女につられて天に目をやると、夜空に明るい月が張り付いていた。

「今年の夏が永遠に続けば良いのに」

「……そうだね。僕もそれが良いな」

素直な想いを吐露すると、陽凪乃が振り返り、ブラウンの髪が夜風に揺れる。

彼女に触れられるのならば、風にだってなりたいと思った。

「ねえ、一颯君。君に繋がった点滴が外れたら冒険しよう」

「冒険？」

「うん。真夜中の冒険」

彼女の背の向こうには、立体的な庭園が広がっている。右腕に目を落とすと、無理に動いてしまったせいか、点滴の針の付近で血液が逆流していた。

大人たちは嘘をついた。陽凪乃が死んでしまったなんて卑劣な嘘までついて、僕らを引き離そうとした。もう信じるものか。思いやり以外の感情に晒された忠告になんて、二度と素直に耳を傾けられない。

「こんな物、僕にはもう不要だ」

右腕に刺さった点滴の針を、力任せに引き抜く。

「行こう。冒険しよう」

曇りのない月光を浴びながら、芝生の上を裸足で歩いていく。

足取りは覚束無《おぼつかな》くても、大切な人の姿だけは、もう二度と視界から離さない。

こんなにも無力だけれど、今は隣を歩くことしか出来ないけれど、それでもこれからは、ここから始まる未来では、僕が陽凪乃を……。

2

両親も、主治医も、看護師も、僕が真実を知ったことに気付いていなかった。口裏でも合わせるみたいに、吐き気がするほどの嘘が重ねられていく。

陽凪乃《ひなの》を誘拐したのは玲輔《れいすけ》の兄を中心とした、村のどうしようもない、ならず者たちだった。彼らは身代金をめぐる交渉が上手くいかないことを悟り、監禁した僕たちを見せしめのために放置して現場を離れたという。

そこからどんな経緯があって救出されたのかは分からない。ただ、最終的には僕らを監禁したグループの全員が逮捕されたらしい。この小さな村で誰よりも注目を浴びる一家の娘を誘拐しておいて、逃げ切れるはずがなかったのだ。

　この村を変えるためにやって来た舞原《まいばら》家の娘は、開発に反対する若者たちによって殺されてしまった。彼らは赦されざる罪を犯し、卑劣な妨害工作によって、法を順守して行われていた開発計画を邪魔した。舞原陽凪乃の死によって、抵抗の気勢は削《そ》がれ、変革のうねりは止めようがないものになっているという。

「あんな事件が起こったせいで、村は変わってしまう。もう誰にも止められない」

　そう言った母の言葉に含まれる感情が怒りなのか、それとも哀しみなのか、僕には判断がつかなかったが、そんなことも、もうどちらでも良かった。

　大人たちは真っ赤な嘘を並べ立て、舞原陽凪乃の存在を消そうとしている。彼女は確かに生きているのに、存在しない人間に仕立て上げようとしている。

　赦せなかった。大人たちがつく嘘も、どうしようもない嘘を大人たちにつかせてしまうこの村も、憎しみの対象だった。

「いい加減、下らない嘘をつくのはやめたら？」

　自分でも信じられないくらいに低い声が、口から飛び出してきた。

「そんなに僕と陽凪乃が会うのが怖いの？　この村を余所者《よそもの》に汚されたくないのは分かるよ。だって皆はこの村に、ずっとしがみついてきたんだものね。だけど、そんなの陽凪乃には関係ないじゃないか。何が亡くなっただよ」

「一颯《いぶき》？　どうしたの急に？」

「もう良いよ。嘘も作り話もうんざりだ。僕は陽凪乃に会った」

「……何を言ってるのよ」

母の戸惑うような眼差しが突き刺さったが、それが偽りのものであることを僕はもう知っている。

「そうやって嘘をつき続ければ良いさ。決めたんだ。僕は何があっても陽凪乃の味方でいる。村中を敵に回したって、二度と陽凪乃を裏切らない」

「一颯……。どうしたのよ。陽凪乃ちゃんと会ったって、あなた何を……。彼女はあなたと一緒に閉じ込められた時に……」

「そうやって！」

気付けば叫んでいた。

「いつまでも嘘をつき続ければ良いよ！　幻滅させないで。お母さんたちがそんな人間だったなんて思いたくない。これ以上、失望したくないんだよ」

僕と陽凪乃の幸せな冒険は続いていた。夏の残り香を惜しむように、幸福な夏休みを振り返るように、二人きりの真夜中の冒険は繰り返される。

夜になる度に点滴を外して、窓から外へと脱出する。

庭園をゆく陽凪乃を追いかけて、僕たちは月光の下、裸足でワルツを踊る。

太陽みたいに眩しくはない光を浴びながら、芝生の上に二人で寝そべっていた。

「精神鑑定を受けさせるんだってさ」

「一颯君に？」

「馬鹿みたいだろ。陽凪乃が死んだって僕に信じ込ませることを、まだ諦めていないらしい。君との冒険のことだって話したのに、夢でも見ているんだって、両親も医者も決めつけている。夢で点滴を引き抜くかよ」

「大人は馬鹿だね」

「本当に馬鹿だ」

仰向けに倒れたまま陽凪乃の方を向くと、彼女も同じ体勢で僕を見つめていた。

「一颯君。ありがとう」

「急にどうしたの？」

「信じてもらえたことが嬉しいの」

彼女の声で僕は変わっていく。

細胞の一つ一つが、真新しいものに生まれ変わっていくのを感じていた。

「一颯君はいつも私を助けてくれたね。私が泣いている時、一人ぼっちで負けそうな時、いつも君が助けてくれた」

「当たり前のことをしただけだよ」

だって、僕は君が好きだから。

君のことを誰よりも守りたいと願ってしまったのだから。

「だから、今度は私が君を守ってあげるよ」

「守る？」

「将来、もしも君が一人で迷う時には、必ず私が傍に行く」

隣で寝そべりながら月光を浴びて、泣いているように彼女は笑っていた。

「私が必ず君を守ってあげるからね」

3

「身体的な異常はありません。少なくとも体調は回復しています」

診療室のドアに寄りかかり、室内で主治医と母が交わしている会話に耳を澄ましていた。ここのところ、母は毎日のように泣いている。お見舞いに来ては僕と口論を繰り返し、疲れ果ててしまうまで泣いていた。

「ヤードに閉じ込められていた一週間、その極限状態が彼を壊してしまったのかもしれません。現実を認めることを心が拒絶したのだと思います」

「だから息子は陽凪乃《ひなの》ちゃんが生きているなんて嘘を？」

「恐らく彼は嘘をついているわけではありません」

「じゃあ一体、一颯《いぶき》は何を……」

「統合失調症の恐れがあります。心の病です」

診療室のドアは酷く冷えていた。

その温度を耳に感じながら、ただ、陽凪乃のことだけを考えていた。

今日も彼女は現れるだろうか。随分と夜は冷えるようになってしまったけれど、今晩も冒険しようって、会いに来てくれるだろうか。

「精神病は特別に珍しい病気ではありません。心の病と言っても病気は病気です。きちんと治療法がありますし薬も効きます」

「でも、息子は私の話を聞いてくれないんです。陽凪乃ちゃんは生きているんだって、毎晩、二人で冒険をしているんだって……」

「時間をかけて向き合っていきましょう。陽凪乃さんは彼の心が見せている幻覚です。しかし、一颯君にとっては確かにそこに存在している女の子なんです。否定しても話は前進しません」

「でも、どうすれば……。だって彼女は確かにあの事件で死んでいるんですよ。私には見えません。見えもしないものに話を合わせるなんて……」

大人たちは馬鹿だ。そうやって理屈を振りかざしていれば良い。

僕はこの目に見えるものを信じる。

陽凪乃の声を、笑顔を、彼女の想いを信じるだけだ。

「臨海部の開発は予定通りに進むと聞いています。そのリーダーである舞原《まいばら》さんのご両親は、この村に住み続けて陣頭指揮を執るということですよね」

「そうだと思いますけど、それが息子に何か……」

「一颯君が物事の整合性が取れないほどに病んでいるとは思えません。彼が認められないのは、きっと陽凪乃さんの死だけです。あくまでも可能性の一つですが、この村から引っ越してしまえば、彼女が現れることはなくなるかもしれません」

「でも、そんなこと……」

「難しいことは分かっています。ですから可能性の一つと申し上げたんです。何もしなくても、いつか陽凪乃さんの幻影は消えるかもしれない。心のことは誰にも正確なことは分からないんです。ただ私たちは寄り添って支えるしかない。そのための最善手を一緒に探していきましょう」

「……はい」

「一颯君はもう十分に苦しみました。子どもが耐えられる以上の困難に晒されたんです。彼は幸せにならなければならない。舞原陽凪乃さんのためにも、自分自身のためにも。そのために何が出来るのか、一生懸命考えましょう」

最終話

陽光の下で君といつまでも

1

雨模様に染まった故郷で、力の入らない足を引きずっていた。

忘れかけていた記憶が、閃輝暗転と共に次々と蘇る。


舞原陽凪乃《まいばらひなの》と出会う前の僕には沢山の友達がいた。サッカー部の友人たちと、毎日のように馬鹿なことをして遊んでいた。それらの思い出を否定はしないけど、本当に幸福だったのは、その頃じゃない。陽凪乃を守ると決めて以降、僕はそれまでのすべての友人を失った。だけど陽凪乃がいてくれれば、それだけで十分だった。

どんなに沢山の仲間に囲まれていた毎日よりも、陽凪乃と二人きりでいたあの数ヶ月が幸せだった。彼女との記憶が僕のすべてだった。


朝霧村《あさぎり》で暮らした最後の一週間。

年の瀬を待たずに家族での引っ越しが決まり、転校することを告げると、陽凪乃は寂しそうな顔で笑った。

「もう二人で夜の町を冒険出来なくなるね。私も一颯《いぶき》君と新潟市に戻りたいよ。そしたら、またユースチームに入って、今度こそプロサッカー選手を目指すんだ」

「……うん」

両目から熱い何かが溢れ出してきて、強引に袖で拭った。

「泣くなよ。男だろ」

「ごめん。……本当にごめん。この町で陽凪乃の味方でいたかったのに、何があっても最後まで味方でいるって決めたのに……」

「大丈夫だよ。きっと私はもう大丈夫」

白い歯を見せて、陽凪乃は強がって見せた。

本当は大丈夫なんかじゃないくせに、孤独になんて耐えられないくらい弱いくせに、陽凪乃は去りゆく僕を困らせないようにと笑って見せた。


こんなにも鮮明に思い出せるじゃないか。

一度蓋を開けてしまえば、何もかもが色褪せずに蘇る。

僕にとっては偏執的なまでにリアルだ。痛いくらいの思い出なのだ。何もかもが幻だったなんて、精神をやられて見ていた幻覚だったなんて信じられない。

陽凪乃が死んでいたなんて有り得るはずがない。

だって、もしもすべてが幻だったのなら、あのオルゴールはどうなる？

僕の部屋には確かに、『明日に架ける橋』のオルゴールがあるじゃないか。


駅員から渡されたメモに記されていた場所は、やはり記憶に違《たが》わない村の共同墓地だった。雨が激しさを増していたけれど、混濁した感情の前では、そんなこと何の意味も持たない。

太陽の光が差さない道の上、断頭台に向かう死刑囚のように力なく進んでいく。

そして、生温《なまぬる》い雨を浴びながら、審判の時を迎える。

墓石に刻まれていたのは、見紛《みまご》うことなき愛する人の名前。

『舞原　陽凪乃』

僕に心の位置を教えてくれた、誰よりも大切な初恋の人の名前だった。

「あ……ああ……ああああああぁぁぁ！」

言葉にならない絶望が喉から飛び出し、力を失った両膝が崩れ落ちる。

地面に額をつけて、文字通りの意味で誰よりも出来損ないだった自らの脳を恨む。

僕は正しい意味で欠陥人間だった。愛する人を守れもしない、自分を信じてくれた人に誠実であり続けることすら出来ない、最低の男だった。

どれくらい泣きじゃくっていただろう。

力なく立ち上がると、墓石の向こうに佇む人影が目に入った。

十五年という時を経て、ようやく自らが欠陥人間であったことを自覚したというのに、この出来損ないの脳は、まだ幻を見せたいらしい。

墓石の向こう、雨にも濡れずに舞原陽凪乃が立っていた。その哀しい瞳が僕を見つめている。あの頃のままで、まだ幼さの残る小学生の頃の眼差しで、陽凪乃は僕を見つめていた。彼女の唇が微かに動き……。

「どうして泣いているの？　何処か痛むの？」

確かにその声は鼓膜に届いたのに。

こんなにもはっきりと見えているのに。

少し手を伸ばせば触れられそうな距離にいるのに。

「……本当はいないんだろ？」

答えは返ってこない。

彼女はただ哀しい微笑を浮かべて僕を見つめているだけだった。

「なあ、陽凪乃。聞こえているのか？　笑っちゃうよな。僕の頭は本格的におかしいらしい」

静かに目を閉じる。そうやって視界から陽凪乃を消そうと思ったのに、瞼の裏にでも張り付いているのか、彼女は消えてくれなかった。

「……ごめんな」

目を閉じたまま、誰にも届かない想いを口にする。

「僕はこんなにも駄目な男だったよ」


「だから私が守りに来たんだよ」


目を閉じても幻は消えない。

幻覚だと理解しているのに、その声が聞こえてしまう。

どれだけあがいても、このいかれてしまった頭は、どうにもならないらしい。

「なあ、僕みたいな人間が生きている意味なんてあるのかな。こんな人間、早く消えてしまった方が世の中のためなんじゃないかな」

生きていたって迷惑をかけるだけだ。大切な恋人だって酷く傷つけてしまった。

誰も守れない。誰一人幸せに出来ない。

そんな人間に生まれてきた意味なんて……。

「だから私がいるよ。あなたを守りたいの」

右手に摑まれたような温もりが広がった。

どうやらとうとう皮膚の感覚までおかしくなってしまったらしい。

目を開けると、目の前にいたはずの陽凪乃の姿が消えていた。しかし、確かに僕の右手は誰かに握り締められている。

「一颯君。何があっても私はあなたの味方だよ」

振り返った先にいたのは、舞原陽凪乃ではなかった。

僕と同じように雨に濡れた姿でそこに佇んでいたのは、

「どうして君がここに……」

僕と同じ顔で涙を流す嶌本《しまもと》和奏《わかな》、その人だった。

2

僕の手首を後ろから握り締めていたのは和奏《わかな》だった。

どうして彼女がこんな場所に……。

「……あなたのお母さんから連絡をもらったの」

今、彼女は泣いているのだろうか。沈黙に奏でられているうちに雨は止《や》んだが、彼女を濡らしているのが雨なのか涙なのか分からなかった。

「一颯《いぶき》君の様子がおかしいって、皆、心配していた。ここに向かったのかもしれないって聞いて……」

よく見ると、和奏の肩は小刻みに震えていた。

彼女はどんな気持ちでここへ来たのだろう。あんな拒絶の言葉をかけられたのに、なお僕のことを心配して、こんな場所にまで……。

「なあ、和奏」

「……何？」

「僕は頭がおかしいみたいなんだ。子どもの頃からずっと狂っていたらしい」

手首を掴む彼女の手を優しくほどく。

「もう一度、言うよ。僕みたいな欠陥人間じゃ、君を幸せには出来ない。別れよう。君はこれ以上、僕なんかに関わっていたら駄目だ」

だって、和奏はこんなにも優しい女の子だから。

誰よりも穏やかで、誰よりも思いやりに富んだ、そういう人だから。

人間失格みたいな男の人生に付き合わせるわけにはいかない。

和奏は潤んだ瞳のまま僕を見つめ、大きく首を横に振る。

「知ってたよ。私は全部知っていた」

「……知ってたって何が？」

僕自身ですら幻覚を自覚したのは、ついさっきのことなのに、一体、彼女が何を知っていたと言うのか。

「私たちが初めてきちんと話した日のことを覚えてる？」

「バイト先だったと思うけど……」

「花火大会の日だよ」

憂いの涙を流しながら、和奏は告げる。

「コンビニの裏にあった自転車置き場で、真夏なのにおでんを食べたね。余っても仕方がないからってオーナーが言って」

「……そんなこともあったな」

「あの日、ベンチに腰掛けておでんを食べながら、あなたが言ったの。『花火、綺麗だね』って。でもね、あの駐輪場から花火は見えなかったんだよ。視界の向こうに大きなビルがあるせいで、私たちには花火なんて見えるはずがなかったの」

「そんなこと……」

「一颯君が時々、幻覚を見てしまうこと。去年、実家にお邪魔した時、お母さんに聞いていたの。私はあなたの病気のことを、聞いてしまったんです。それなのに、ずっと言えなかった。何て言えば良いか分からなかった。支えたいのに、力になりたいのに、何もかもを受け止めたかったのに、私は本当に無力で……」

和奏は深く頭を下げた。

「ごめんなさい。あなたのお母さんは、すべてを託してくれたのに、私はその期待に応《こた》えられなかった。早く話さなきゃいけなかったのに、怖かった。それを話して、あなたが変わってしまうのが怖かった。一颯君に突き放される未来が怖かったの」

僕は数時間前、実家で陽凪乃《ひなの》の母、舞原陽葵《まいばらひまり》からの手紙を見つけた。

あの手紙に消印がなかった理由も、ここに至れば何となく推測はつく。あれは僕への贈り物に添えられた手紙だったのだろう。彼女の母は、陽凪乃が大好きだった『明日に架ける橋』のオルゴールを、形見として譲ってくれたのだ。

しかし、僕は陽凪乃が死んでしまったことを認められず、現実を受け止められなかった。精神を病むほどの痛みを抱えてしまった。だから母はオルゴールを隠し、適切な時がくるのを待ったのだろう。そして大人になり、僕に大切な恋人が出来た時、それを渡す役目を託したのだ。

「お母さんに話を聞いて、やっと納得がいったの。ずっと不思議だったんだ。花火だけじゃない。あなたは時々、私の見えないものを見ていたから」

それだけのことを知りながら、和奏は何も言わずに僕なんかと何年も一緒にいてくれたのか？

「一颯君の病気について、正確なことは誰にも言えない。でも、何か強い後悔がある時に、幻覚が発現するんじゃないかって推測されているみたい。ねえ、花火に何か心残りがあるんじゃない？　だから、あの花火大会の日、それを見てしまった」

思い出したのは、ヤードに監禁されていた数日間の記憶。

遠くで聞こえる打ち上げ花火の音に耳を澄ましながら、僕と陽凪乃はいつか二人でお祭りへ行こうと、一緒におでんを食べながら水上花火を見ようと約束した。

僕と陽凪乃には、そういう果たせなかった約束があった。

「一颯君は時々言ってたよね。今日は天の川が綺麗だって」

哀しそうに和奏は告げる。

「ごめんね。ずっと言えなかったけど、東京じゃ天の川は見えないよ。街が明る過ぎて、とてもじゃないけど満天の星なんて……」

そうだったのか……。

和奏はずっと僕の目がおかしいことに気付いていたのだ……。

もう一度、和奏は僕の手を取った。

今度は正面から向き合って……。

「私はあなたが見えないものを見ていることを知っていたよ。そういうあなたを、狂っていると言うのであれば、その狂ってしまったあなたを、欠陥があると言うのなら、欠けているありのままのあなたを、好きでいたいんです」

「……でも、僕は病気だ。欠けているんじゃない。根本からおかしいんだよ」

和奏は肩にかけていたバッグのチャックを開けていく。

「駅で別れを告げた時、一颯君は落としたバッグを拾いもせずに行ってしまったよね。ごめんなさい。口が開いていたから、中を見てしまったの」

彼女はバッグの中から小さな箱を取り出す。

「これ、何ですか？」

差し出されたのは、彼女のために用意した婚約指輪だった。

僕はあの日、それすらも置いて、彼女の下から逃げ去るように……。

「自分には縁がないと思っていたって、女ならこのお店の名前くらい知っているよ。ウェディング・ジュエリーのお店だよね。どうしてこんな物を持っていたの？　誰のために、これを用意したの？」

雨の止んだ空から、いつの間にかヤコブの梯子《はしご》が降り注いでいた。

これ以上、もう何も隠し事はしたくない。

そんなことをする権利は、とっくに僕の両手から消失しているのだ。

「その指輪は君のために買ったものだ。君に受け取ってもらいたかった。だけど……」

情けない僕のすべてを知って、幻滅してくれたら良い。

「大人になった陽凪乃を見た日から、彼女を忘れられなくなってしまった。和奏はいつも信じてくれていたのに、陽凪乃のことばかり考えてしまっていた」

ごめんな。こんな風に聞きたくもないことばかりを聞かせてしまう僕を忘れてくれ。赦せなくても構わないから、君は僕を忘れて幸せになってくれ。

「迷っていた。目の前に現れた初恋の彼女が脳裏に焼き付いて、離れなくなってしまった。僕は迷っていたんだ。なあ、和奏。僕にはもう君を愛する資格がないよ」

「私が一颯君を好きになった理由、話したことなかったよね。今度はちゃんと聞いてもらえるかな。……覚えてる？　三毛の野良猫」

「……野良猫？」

「大学生の頃、私が暮らしていたアパートの窓から見えたんだよ。毎晩、野良猫に餌をやっている男の子が見えたの」

思い出す。確かに大学生の頃、そんなことをやっていた記憶がある。

アルバイトをしていたコンビニまでの道中、廃屋の縁側下に住みついていた野良猫に毎晩、餌を与えていた。

「馬鹿みたいって思うかもしれないけど、野良猫に自分を重ねていたの。世界の誰にとっても、私の存在なんて意味がないんだって、そう思ってた。誰も私のことなんて気にしていない。誰にも必要とされない。野良猫と一緒だって思ってた。だけど、一颯君はそういう存在に気付いていた。そういう人に気付いてくれる人だった」

震える声で和奏はずっと隠していた想いを告げていく。

「私は何の価値もない人間かもしれない。でもね、もしかしたらあの人なら、野良猫でさえ見捨てられないあの男の子なら、私なんかのことでも見てくれるかもしれないって思ったの。見つけてもらいたいって願ってしまったんだよ」

「そんなこと今まで一度も……」

「だって私だけの宝物の風景だったんだもの。いつまでも一人占めしていたかった」

「じゃあ、和奏があのコンビニで働き始めたのは……」

「あなたがいたからだよ。あなたに会いたかったの」

彼女はこんな僕を見つけて、深く愛してくれたのに。

愚かな僕はなんて酷い言葉をかけてしまったのだろう。言葉を槍《やり》にして、彼女の心に突き刺して……。

僕の両目から零れた涙を、和奏はそっと指の腹で拭ってくれた。

「私が舞原陽凪乃さんのことを、どんな風に考えていると思う？」

赦せないんだろ？　憎くて仕方ないんだろ？

それで良いよ。それで良い。

憎しみを経て、僕から離れることが君にとって……。

「感謝しています」

「……何言ってんだよ」

あまりにも意味が分からず、彼女を睨みつけてしまった。

「だって、あなたのお母さんに全部聞いたもの。彼女が一颯君を助けてくれたんだって。あなたの命があるのは、陽凪乃さんが守ってくれたからなんだって。わずかしかなかった食べ物を譲って、そうやって自分の命を一颯君に託したんだって」

淡い光が僕たちを照らしていた。

和奏は僕を優しく抱き寄せて、泥で汚れた頭を抱いてくれる。

「あなたが生きているのは陽凪乃さんのお陰だもの。彼女があなたの一部になっているのは当然だよ。今もあなたにだけ彼女が見えていても、おかしいなんて思わない。あなたは誰にも気付かれないような弱いものでさえ見捨てられない人だわ。そんなあなただから好きになったの」

「……幻覚を見ているだけの欠陥人間だ」

「そんなことない。一颯君は私が好きになった、あの日の男の子のままだよ。野良猫を見捨てられなくて、私みたいな女にまで目を留めてくれて、今も陽凪乃さんのことを深く想い続けてる。そういう優しい人じゃない。お願いだから自分を悪く言わないで。私はありのままのあなたを受け止められるよ」

「何で君はそこまで僕なんかのことを……」

「一颯君、私なんかと出会ってくれてありがとう。あなたがいるから、私は生まれてきて良かったって思う。恋は荊《いばら》じゃないって言ったよね。私はあなたを縛る鎖にはならない。一緒に未来を切り拓きたいの」

「……馬鹿だ。君は……馬鹿だよ」

「私は陽凪乃さんを忘れられない一颯君を愛せるよ。本当はあなたが一番大切な人と幸せになって欲しいけど、それが一番良いって思うけど、でも、彼女はもういないでしょ。だから……」

その温もりを。

一度は誰よりも大切な人だと信じた彼女の匂いを。

身体中に刻みながら、その声に耳を澄ます。

「今度は彼女に代わって、私があなたを守ってあげる」

3

満ち溢れるすべての哀しみを忘れさせるような、そんな皐月の蒼穹《そうきゅう》が頭上に広がっている。

ここに至るまでの道程は、決して平穏なものではなかった。それでも、抱え切れない失望と、数え切れない痛みを乗り越えて迎えた本日。

郊外にあるラベンダーに囲まれた式場で、僕と和奏《わかな》の結婚式が執り行われる。

既に婚姻届は出しているし、戸籍上はもう立派な夫婦だが、ここに至ってもなお、僕の中には確固とした戸惑いがあった。

本当に和奏にとって僕で良かったのか。

彼女を一番幸せに出来る男は、本当に僕だったのか。

不安は消えない。消える日が来るとも思わない。だけど、そんな迷いさえも含めて、和奏は受け止めてくれた。欠陥だらけの男を、それでも愛してくれた。

風薫る庭園にて、ガーデンウェディングの形で執り行われる披露宴。

庭園の一角に、立食スタイルのデザートビュッフェが設置されている。閑静な街外れにある庭園は、開放的な作りになっており、式場を見学に来たカップルや、道行く人からも見える作りになっている。色鮮やかな緑の隙間、何人かの見知らぬ人々が、微笑みと共に様子を窺っては去っていく。

僕たちは友人がとても少ない。招待したのは親族と、それぞれの職場で交流の深い人間たちだけだったが、数少ない知人たちは門出を祝福してくれた。

新郎と新婦として、集ってくれた人たちを壇上から見渡す。

「彼女の姿は見える？」

隣にいる僕だけに聞こえる声で、ウェディングドレス姿の和奏が囁いた。

小学五年生の時に経験した監禁事件の後、しばらくの間、幾つかの薬を親に言われて常用していた。あの頃は何の薬を飲まされていたのか理解していなかったけれど、きっと抗精神病薬だったのだろう。十代のうちに完治したと判断され、薬からは卒業したが、その後、再び発病してしまった。

あの日、舞原陽凪乃《まいばらひなの》の死を知ってしまったあの日から、僕は十何年振りに通院を再開している。処方された薬を忠実に服用しているし、最近では幻覚を目にすることもほとんどなくなっていた。

「いや、何処にも見えないよ」

後悔や不安、強いストレスこそが陽凪乃の記憶と影を蘇らせるのだという。彼女の死を認めたことによる痛みは、厳然として存在していたし、慟哭する陽凪乃と直面したことも何度かあったけれど……。

既にもう二、三ヶ月、僕は彼女の幻覚を見ていない。

譲れない記憶も、忘れられない痛みも、やがては風化していくのだろうか。

天球に座す太陽を仰ぎ、今、痛切に思う。

彼女が生まれてきたことには、何か意味があったんだろうか。

舞原陽凪乃の人生とは一体、何だったのだろう。

叶わない想いは虚辞《きょじ》だ。

こんなにも幸福な門出の日なのに、会場では誰もが楽しそうに笑っているのに、この場に陽凪乃だけがいない。あの日、あの時、あの場所で、命を投げ打って僕を助けてくれたのは陽凪乃なのに、彼女だけがこの場に足りない。


目を閉じて、残酷な過去と無責任な未来を想う。

舞原陽凪乃は僕にとって、存在しない友達だった。

影のない場所に浮かび上がる光みたいな存在だった。

陽炎みたいな太陽だったのだ。

陽凪乃のために出来ることは一つしかない。

僕が幸せになることでしか彼女は救われない。

いつか陽凪乃が命を賭《と》して守ってくれたように、僕は和奏を守りながら生きていくだろう。

この世界には、きっと報われないまま命を落とす人がいる。何のために生まれてきたのか、その意味さえなかったかのようにして死んでしまう人たちがいる。

それでも僕たちは生きていかなければならない。その人たちの分まで、彼らを想いながら自分が幸せになるしかない。そう思い込んで生きていくしかないのだ。

……しかし、考えてしまう。

誰を幸せにしたって、誰に幸せにされたって、死んでしまった人たちの痛みは消えない。僕は陽凪乃を忘れられないだろう。いつまでも迷いながら、最期まで後悔しながら、そうやって舞原陽凪乃を心の一番深い場所に沈めるのだろう。

どうしたって陽凪乃が救われないこの世界と、彼女を救えない自分が嫌いだ。彼女を守れなかった自分を赦せない。無力だった自分が殺したいくらいに憎い。

「ごめんね。叔父さん、話し始めるといつも長くて……」

斜めの位置に用意されたステージで祝辞を述べているのは、和奏の叔父だ。僕らは共に心を許せるほどの友人がいないから、祝辞もそれぞれの親族に頼んだ。

「酔ってるし、あの調子だと十分以上喋り続けちゃうかも……」

「ビュッフェもあるし、飽きた人から食事を取りに行くでしょ」

会場を眺めてみても、テーブルごとに流れている空気が違う。こんな時でさえ、僕らに注目している人たちは少ない。

「もしかして、偏頭痛始まってる？」

「……ごめん。薬は飲んできたんだけど」

「辛かったら無理しないで休んでね」

「大丈夫だよ。今日は最後まで頑張る」

蒼天を仰ぎ、長く、深い、深呼吸をして、それから絢爛《けんらん》たる会場を見回してみた。

後頭部の鈍い痛みを紛らわせたくて、目を閉じようとした、その時……。


中央階段の奥、庭園の向こうに見知った影が揺れる。

会場の外から、大人びた姿の舞原陽凪乃が僕らを見つめていたのだ。

視線が交錯したことに気付き、彼女の顔に緊張の色が走る。陽凪乃は逃げるようにその場を離れようとしたが、木々の隙間に隠れる直前で立ち止まる。それから、もう一度、顔を上げて僕を見つめてきた。

淡い水色のワンピースに、つばの広い帽子。
皐月の心地好い風に吹かれ、ブラウンの髪が帽子の下で涼しげに揺れていた。その右手に何かが握り締められていて、もしかしたら、それは僕らが交換したオルゴールなのかもしれなかった。
強張った眼差しだった舞原陽凪乃の顔に、優しい微笑みが浮かぶ。

僕は和奏を幸せにする。彼女と二人で生きていく。その決意はもう揺るがない。
それでも、かつて狂おしいまでに焦がれた人の笑顔は、やはり僕の心に温かさを運んでくれて、始まりかけていた偏頭痛さえも引いていくようだった。

ラベンダーの向こうで、陽凪乃の唇が動く。

この距離だ。彼女が何を囁いても僕には聞こえない。だけど、必死に読み取ろうと目をこらして、そうやって知った彼女の想いは……。

「幸せになってね」

僕が小さく頷くと、彼女も笑顔のまま同じように頷いて。

それから、陽凪乃は今度こそ本当に緑の隙間に消えてしまった。

僕は舞原陽凪乃を忘れられないだろう。彼女を愛惜することも、やめられないだろう。だけど、和奏のために強くなる。

僕なんかを信じてしまった愚かな和奏のために、揺るぎない強さを持ち続けたい。

きっと、このどうしようもない世界で生きていくというのは、そういうことだ。

彼女のために強くありたいと、ただ願うこと。

僕にとって、人を愛するとは、つまりそういうことだった。

エピローグ

上手くいかないことは数え切れないほどにある。

どうしたら良いか分からずに、二人で立ち止まってしまうこともある。

だけど、それも幸福な人生の一部なのだと、笑い飛ばして生きていけたら良い。

始まってしまった彼女との新しい日々の中で、そんなことを思っていた。


結婚式の日から一ヶ月ほどが経って。

穏やかな時の流れの中、真新しい生活の何もかもが、少しずつ当たり前になっていく。こうやって和奏《わかな》と二人で、未来を形作っていくのだろう。

眠たい目を擦《こす》りながらベッドから這《は》い出し、彼女が作ってくれたフレンチトーストを食べて、気だるい身体で出勤する。薬指に誓いのリングが光ることになっても、社会からの必要性には何の変化もない。僕でなければならない理由なんて微塵もない仕事を必死にこなし、疲れきって帰宅する。

僕らは帰宅の時間も休日もバラバラだ。けれど、短い夜の一時だけは共に過ごすことが出来る。業務に疲れ切っているせいで、坑うつ薬だけ服用し、すぐにベッドに潜り込んでしまう日も珍しくないけれど、代わり映えしない摩耗するだけの日常を、誰よりも大切と信じた彼女と歩いていくのだ。

新婚生活が始まったばかりの頃は、直面する出来事の何もかもに、新鮮さを感じるというより、戸惑うことの方が多かったように思う。だけど時と共に、それらは当たり前の色に塗り替えられ、僕らはそんな日常に「普通」と名前をつける。

この普通の毎日にいつまでも幸せを感じていくことが、今の僕らの目標だ。

水無月《みなづき》、朝から雨が降り続く週末の休日。

理由は分からないが、昨晩から和奏は妙に元気がないように見える。夏風邪など引いていなければ良いのだけれど……。

昼食を終え、いつものように食器を洗ってリビングに戻ると、彼女がオルゴールをいじっていた。サイモン&ガーファンクルの『明日に架ける橋』。希望を失いそうになる時、激流に架かる橋のように身を投げ出して仲間を守る。友の誓いの歌だ。

「洗い物ありがとう」

「共働きなのに、いつも和奏に料理を作らせてばかりだもの。このくらいはね」

彼女の隣に座り、雨の降り続く空を見上げると、後頭部に手の平が当てられた。

「一颯《いぶき》君。最近、偏頭痛になってないよね。調子良い？」

「そう言えば、そうだね。結婚してから痛んだことがないかも」

そんなこともすべて彼女のお陰だろうか。家には優しさが満ちている。どれだけ仕事で疲れていても、帰って来れば安らげる。ここは、そういう場所だった。

「……最近、陽凪乃《ひなの》さんの幻覚は見える？」

「いや、見てないよ」

通院も薬の服用も続けている。この病との闘いは長く続くだろうが、もう自分一人の身体ではない。

支えてくれる和奏のためにも、投げやりになるわけにはいかない。

「もう見えなくなっちゃったのだとしたら、それはそれで寂しいね」

和奏は自分の感情を嚙み殺し、人に合わせてしまう子だ。その言葉のすべてが本心とは限らない。今の言葉をどう受け止めたら良いだろう。

「病気が治ってきたってことだろうし、これで良いんだと思う」

「……うん。そうだね」

巻かれていたネジの力が弱まり、オルゴールのメロディが止まる。

「陽凪乃さんの姿が最後に見えたのって、いつだったの？」

「結婚式の日かな。披露宴の時が最後だったと思う」

「え、でも会場で聞いた時は……」

「気付いたのは後半だったんだけど、あの会場、通行人が覗けるようになっていたでしょ。外から僕らを見つめていたんだ。水色のワンピースを着て、寂しそうに笑ってた。『幸せになってね』って、そんな風に囁いてくれたよ」

和奏は唇に右手を当て、目を細める。何か思うところでもあったのだろうか。

「……一颯君。陽凪乃さんより綺麗な女性を見たことがないって言ってたよね？」

「ごめんね。恋人に言う言葉じゃなかったって思うよ」

「そういうのは別に気にしないけど、あのさ……」

「ん？　どうしたの？　何か言いにくいこと？」

口ごもった彼女に先を促す。

「……陽凪乃さんの髪の長さって、肩の下辺りまでだったんじゃない？　それに、つばの広い帽子をかぶってなかった？」

「あれ。話したことあったっけ？」

唇に右手を当てたまま、彼女は表情を歪める。

「あの日、中央階段の奥だったかな。庭園の外から、ずっと披露宴の様子を見ていた女の人がいたの。道行く人で会場を覗いていたのは一人じゃなかったけど、あんなに綺麗な女性を見たのは初めてだったから、凄く印象に残ってて……」

和奏は何かに気付いたように両手で口元を覆う。

「どうしよう……」

彼女が呟いた言葉の意味が分からなかった。確かに披露宴の日、最後に見た陽凪乃はつばの広い帽子をかぶっていた。だけど僕が見たのは幻覚だ。和奏が見た人影と姿が似ていたとしても、そんなのは偶然でしかない。

窓を叩く雨音が、その激しさを増していく。

不意に、和奏が僕の手首を摑んだ。そのあまりの強さに驚く。

「もしかしたら私は取り返しがつかないことをしてしまったのかもしれない……」

和奏の横顔は恐怖に染まっていて、その肩が小さく震えていた。

「ずっと引っかかっていたことがあるの。……今まで怖くて聞けなかったんだけど、『明日に架ける橋』のオルゴール、これって本当はあなたが買ったんだよね？」

僕には『明日に架ける橋』を買った記憶も、『水曜の朝、午前三時』のオルゴールを捨てた記憶もない。だとすれば考えられる可能性は一つだけ。このオルゴールは、もともと陽凪乃の母が、うちに送ってきた物なのだろう。僕の両親は舞原《まいばら》家を疎んじていたが、形見の品までは捨てられなかったはずだ。だから僕の病気を伝えた時に和奏に託し、彼女が何処かのタイミングで『水曜の朝、午前三時』と入れ替えた。そう解釈していたのだけれど……。

「和奏が持って来たんじゃなかったの？」

「私がそんなことするはずないじゃない。陽凪乃さんと再会した時の話を聞いた時に、もう一つ不思議だったことがあるの。舞原零央《まいばられお》って人が探偵だって言ったでしょ？」

「……言ったけど」

「陽凪乃さんが幻覚だったなら、彼女のいとこが何をやっているかなんて、一颯君が知ってるはずないんだよ。小学生の頃から、零央って人は探偵を目指していたの？」

「会ったことすらないんだ。仲が良いって聞いたことがあるだけだよ」

「やっぱり……。どうしよう……」

「なあ、和奏。君が何を言いたいのか分からない。何をさっきから……」

「私たちは騙されていたのかもしれない。全員が騙されていたんだ……」

戸惑いの眼差しで、和奏が告げる。

「舞原陽凪乃さんは死んでなんかいなかった」

それが暗喩でないのなら、言葉の意図するところがまるで分からない。

「……どういう意味？　医者や僕の母親が嘘をついていたってこと？」

「違うわ。お義母《かあ》さんも、お医者さんも、村人も、誰も彼もが騙されていたの」

「騙されていたって、一体、誰に……」

「恐らくは陽凪乃さんのご両親」

用いられた推量の副詞とは裏腹に、彼女の声には確信が込められていた。

「意味が分からないよ。僕が幻覚を見ていたのは事実だ」

「それは私だってよく知ってる。空き部屋に陽凪乃さんの姿が見えたことがあるんでしょ？　そんなの幻覚だとしか考えられない。でも、陽凪乃さんが生きていたのでない限り、このオルゴールが存在する理由も説明出来ないのよ」

口元を両手で覆った和奏の震えが止まらない。

「陽凪乃さんは監禁事件で殺されかけたわ。何の罪もないのに、村人の悪意に晒されて、殺される寸前だった。彼女が救出された後で、ご両親はすべてを知ったはずよ。

イジメのことも、教師からの酷い仕打ちのことも、何もかもを知ったに違いない。陽凪乃さん、事件の後遺症で前後の記憶が曖昧だって言ってたんでしょ？　心が保てなくなるまで追い詰められたのよ。ご両親が村を憎んだって当然だわ。記憶を失ってしまった娘を守るために、大きな嘘をついたって不思議じゃない」

「じゃあ、陽凪乃は助かっていたのに……」

「舞原家って地方有数の旧家なんでしょ？　真実を隠蔽出来るお抱えの医者くらいいるんじゃないの？　朝霧《あさぎり》村に残っていた間、陽凪乃さんは死んだって村民に思い込ませて、二度と危害が及ばないように自宅に閉じ込めて……」

本当は陽凪乃が生きていた？　でも、そんなこと……。

「考え過ぎだよ。だって、幻覚じゃないなら、どうやって東京のアパートを知ったって言うの？　僕の家族だって誰も陽凪乃には会っていないのに」

「探偵だって言ったじゃない。彼女のいとこは探偵だったんでしょ？」

そんな……。じゃあ、あのオルゴールは……。

あの時、『明日に架ける橋』を持って現れた彼女は本物の……。

披露宴会場の外から『幸せになってね』と、そう囁いた彼女は……。

目の奥で眩しいほどの光が弾け、激痛が後頭部に走った。

激しい痛みと名状し難い混乱で、身体がくの字に折れる。

狂おしいまでの後悔と、痛ましいほどの恐怖が、喉もとで爆《は》ぜていた。

最も多感な時期を孤独の中心で生きてきた僕にとって、舞原陽凪乃は救いの拠《よ》り所《どころ》だった。だからこそ、陽凪乃を助けられなかった自分自身を、殺したいほど憎んでいたのに。

声にならない嗚咽が零れ、止め処《ど》ない涙が絨毯《じゅうたん》を濡らしていく。

「どうしよう……。彼女は生きていたのに、私のせいで二人の未来が……」

分からない。すべては臆測でしかない。確かめる術だってない。

「ごめんなさい……。あなたは陽凪乃さんと生きていけたかもしれないのに……。彼女だってそれを望んでいたはずなのに……。私なんかのせいで……」

顔を上げると、和奏まで涙で顔をぐしゃぐしゃにしていた。

視線が交錯し、彼女は僕を玄関に向かって押し出す。

「……行かなきゃ。陽凪乃さんを探しに……早く……」

「何言ってんだよ」

「だって彼女の傍に行かないと……」

「だから何言ってんだよ」

「あなたが愛する人と幸せになって欲しいの。一颯君に幸せになって欲しいのよ！」

動転しているのだろう。いつになく早口で和奏はまくしたてる。

「お義母さんに聞いたことがあるの。引っ越して随分と経ってから、陽凪乃さんの家族から手紙を受け取ったんだって。でも一颯君に忘れて欲しかったから、見せなかったって。それを時々後悔することがあるって」

実家で母が隠していた陽葵《ひまり》さんからの手紙を思い出す。あの封筒から手紙は抜き取られていたけれど……。

「彼女の家族は朝霧村の何もかもを憎んでしまったかもしれない。だけど、あなただけは別だったはず。だって、一颯君は命がけで陽凪乃さんを助けようとしてくれた人だったんだもの。お義母さんなら陽凪乃さんのご家族がいる場所だって……」

溢れる涙を強引に袖で拭い、和奏は僕の手を両手で握り締める。

「あなたはずっと陽凪乃さんのことを大切に想っていた。愛していたじゃない。叶わないと思っていた願いがそうじゃなかったんだから、早く行かなきゃ駄目！」

涙を隠せもしないくせに。哀しみでこんなにも震えているくせに。

「お願い。手遅れになる前に、陽凪乃さんを探しに行って下さい」

すべての痛みを噛み殺して、和奏は微笑んで見せた。

割れんばかりに痛む頭を振り、土砂降りの雨空を力なく仰ぐ。

歩むべき道筋に自信がない。いつだって正しい答えが分からない。

僕の心はそんな風な欠陥品だ。だけど一つだけ。

それでも一つだけ、信じるものがあるとすれば……。

「……やっぱり違うよ。和奏は間違ってる」

「間違ってなんかいない。だって確かにここにオルゴールがあるじゃない」

「そうじゃない。そういうことじゃないんだ。……忘れたの？　恋は荊《いばら》じゃないって、一緒に未来を切り拓くんだって、そう言ったのは君じゃないか」

「何の話をしてるの？　そんなこと今は関係な……」

その言葉が終わるより早く、彼女を引き寄せて強く抱き締めた。

「もう良いよ。和奏、もう良いんだ」

抱き締める強さと熱で、すべての覚悟が彼女に焼き付けば良い。

「ありがとう。君のその気持ちだけで、もう十分だよ」

舞原陽凪乃が生きているのなら、それはとても素敵なことだ。あの頃、切実なまでに愛《いと》おしかった彼女の幸せは、何よりも未来に望んでいたことだった。それが叶うなら命さえ惜しくないと、本気でそう考えていた。

だけど思い知ったのだ。和奏は陽凪乃を忘れられない僕を、欠陥人間だった僕のことを受け止めてくれた。ありのままで愛してくれた。だからこそ、自らの弱さと共に僕は知る。闇は照らすことが出来る。

誠実な想いに触れ、その愛の深さに溺《おぼ》れた時、人の迷いは消えるのだ。

二人で幸せになると、二人で生きていくのだと、僕らはそう誓った。

和奏を慈しみ、その未来を守ることだけが、これからの指標だ。

「陽凪乃が生きていてくれたのだとしたら、それだけで十分だよ。彼女を幸せにするのは僕の役目じゃない」

和奏の肩に両手を置き、優しく身体を離すと、彼女の赤い目が僕を捉える。

「ここにいるよ。僕は君の隣から、もう何処へも行かない」

結婚する時に決めたんだ。もう二度と迷わない。そういう強さを君のために持つと誓った。君のために強くありたいと一心に願うこと。僕にとっては、それこそが人を愛するということの意味だ。

朝霧村で絶望を知ったあの日、魂を救ってくれた彼女の言葉を、ようやく返せる。

「和奏。僕なんかと出会ってくれてありがとう」

彼女の瞳から、それまでとは違う種類の涙が零れて……。

「君がいるから、生まれてきて良かったって思うよ」

僕たちの人生には、光など満ちていないかもしれない。それでも、和奏は愚かにも僕を信じ続けてくれるだろう。だからこそ彼女の祈りだけが、何よりも眩しい導きの光となる。

彼女の願いは希望だ。その想いこそが未来だ。

だから僕は何もかもを捨てて。

例えば最愛さえも犠牲にして。

ただ、君の未来を照らす太陽になる。

陽炎太陽　了

あとがき

音楽が好きです。歪《ひず》んだギターが好きです。つまり、ロックが好きです。

生活の中で何かに迷った時、それがロックか否かで、決断を下すことがあります。夏休みの課題を早めに終わらせるなんてロックじゃないし、朝ご飯を食べるのもロックではないし、いつも素直に語ることがロックであるとも限りません。

そんな風に様々な指針としているわけですが、判断のつかない事例もあります。例えば、あとがきを本編より先に読むかどうかです。ネタバレを恐れずに先に読むことはロックなのでしょうか。はたまた上質なデザートのように、本編の余韻と共に楽しむ姿勢こそがロックなのでしょうか。これは深遠な命題です。

私は本編より先にあとがきを読んでしまう人間です。それ故に、このあとがきも本編より先に読まれるだろうと想定しながら書いています。

この本が発売される四ヶ月ほど前に、デビュー三周年を迎えました。そして、記念作品として、初めての単行本を上梓《じょうし》させて頂いております。『命の後で咲いた花』というタイトルで、自分にとっても本当に大切な物語となりました。

比較的、自らの作品の評判をチェックしている方だと思いますし、ファンレターやブログ、ツイッターなどでも沢山の感想を頂きます。とても励まされていますし、本当に大きな力になります。しかし、右記の新刊の感想を読んでいて怖くなったことがあるので、少しだけそのことを書かせて頂きます。

最近、特によく目にするのですが、「この作者だから、どんでん返しがあると思っていた」とか「綾崎《あやさき》だからトリックを疑いながら読んでいた」などと書かれる機会が増えました。私、その姿勢はロックではないと思うのです。ピュアな心で警戒心など抱かずに読んで欲しいです。いつもオチに捻りがあるとは限りません。トリックなんてない、真っ直ぐなだけの想いを綴《つづ》った作品を書きたくなることもあります。

本作、『陽炎太陽《かげろうたいよう》』はその典型です。もう一度、三角関係のお話を書きたかっただけの短い物語です。捻ったオチも、読者を騙すようなトリックも存在していません。ただ、主人公の葛藤と覚悟を通して、少しでも何かを感じて頂きたかったお話です。

そして……。

本書を閉じた時に、「ああ、この物語はロックだったな」と、「あとがきも比較的ロックだったな」と、そう感じて頂けたならば、それに勝る幸せはない。そんな風に思っております。

本作は私の十一冊目の長編であり、二年振りとなる『花鳥風月《かちょうふうげつ》シリーズ』の最新作です。既刊を読まれた方はご存知と思いますが、このシリーズはすべて独立しているため、どの本から手に取って頂いても問題のない作りとなっています。

この二年間に様々なことがありました。中でも『蒼空時雨《あおぞらしぐれ》』と『吐息雪色《といきゆきいろ》』を素晴らしい舞台にして頂けたことは、特に幸せな体験の一つです。沢山の方に作品を愛して頂けた喜びこそが、この新しい物語を紡いでくれたのだとも感じています。


本作を美麗な装画で彩って下さったワカマツカオリ様。

いつも艶《あで》やかに物語を飾って下さることに、感謝の念は尽きません。

デビュー作で名前を出した時から、舞原陽凪乃《まいばらひなの》のイラストを見ることが夢でした。

本作のモチーフは『太陽』でしたが、いつか描くだろう『月』の物語で、再びご一緒させて頂く日を楽しみにしております。


担当編集の三木《みき》（最近、料理にはまっているらしいですね）一馬《かずま》様。

最初に電話を頂いてから三年半、先日、とうとう打ち合わせにSkypeを導入されましたね。真夜中にアスキー・メディアワークスからお電話を頂くことが多いわけですが、Skype導入ということは、さすがに冬くらい家で仕事をしたくなったのかなと思いました。しかし「これで打ち合わせ中でも、会社にかかってきた電話、携帯にかかってきた電話、三つ同時に出ることが出来る」と、熱く語っていましたね。

無理ですよ。あの時は黙って聞いていましたが、それはカリスマ編集でも無理です。でも、その姿勢はロックであると思います。

『蒼空時雨』、『初恋彗星《はつこいすいせい》』、『永遠虹路《えいえんこうろ》』、『吐息雪色』に続いて、本作に目を通して下さった皆様。いつも手に取って下さる皆様のお陰で、五冊もシリーズを続けることが出来ました。最大級の感謝をお伝えします。

最後になりますが、わずかながら本作には他作品とのリンクが存在しています。巻末に収録されている相関図のページで詳細が分かるようになっていますので、そちらにも目を通して頂けたら嬉しいです。

それでは、あなたと別の本でもう一度、会えることを祈りながら。

綾崎《あやさき》　隼《しゅん》

「陽炎太陽」

嵩本琉生　響野一颯　舞原陽凪乃　嵩本和奏

「初恋彗星」

嵩本琉生　舞原星乃叶　逢坂柚希　美蔵紗雪

舞原雪蛍　舞原葵依　舞原星乃叶　結城佳帆　結城真奈

「吐息雪色」

「ノーブルチルドレンシリーズ」

舞原雪蛍　舞原葵依　舞原琴寧　伊東和也　保科彩翔　倉牧莉瑚

楡野佳乃　楡野世露　舞原琴寧　伊東和也　保科彩翔　倉牧莉瑚

「永遠虹路」

綾崎隼の世界
The world of SYUN AYASAKI

「蒼空時雨」

舞原零央　紀橋朱利　朽月夏音　譲原紗矢　楠木風夏　舞原吐季　舞原七虹

楠木風夏　舞原吐季　舞原七虹

紀橋朱利　朽月夏音　有栖川華憐　千桜爽馬

「INNOCENT DESPERADO」

舞原零央　真壁市貴　新垣明季沙

「向日葵ラプソディ」
（「19-ナインティーン」収録）

千桜緑葉　琴弾麗羅　桜塚歩夢　有栖川華憐　舞原吐季　舞原七虹

不知火夕空　舞原吐季　舞原七虹

千桜緑葉　琴弾麗羅　榛名なずな　柊木怜夢　羽宮透弥

「命の後で咲いた花」

綾崎　隼

著作リスト

蒼空時雨（メディアワークス文庫）
初恋彗星（同）
永遠虹路（同）
吐息雪色（同）
陽炎太陽（同）
ノーブルチルドレンの残酷（同）
ノーブルチルドレンの告別（同）
ノーブルチルドレンの断罪（同）
ノーブルチルドレンの愛情（同）
INNOCENT DESPERADO（同）
命の後で咲いた花（単行本）

メディアワークス文庫

陽炎太陽《かげろうたいよう》

綾崎《あやさき》 隼《しゅん》

発行 2013年5月25日 初版発行

発行者 塚田正晃
発行所 株式会社アスキー・メディアワークス
〒102-8584 東京都千代田区富士見1-8-19
電話03-5216-8399(編集)
発売元 株式会社角川グループホールディングス
〒102-8177 東京都千代田区富士見2-13-3
電話03-3238-8521(営業)
装丁者 渡辺宏一(有限会社ニイナナニイゴオ)
印刷・製本 旭印刷株式会社

※本書のコピー、スキャン、電子データ化等の無断複製は、著作権法上での例外を除き、禁じられています。なお、代行業者等に依頼して本書のスキャン、電子データ化等を行うことは、私的使用の目的であっても認められておらず、著作権法に違反します。
※落丁・乱丁本は、お取り替えいたします。購入された書店名を明記して、株式会社アスキー・メディアワークス生産管理部あてにお送りください。
送料小社負担にて、お取り替えいたします。
但し、古書店で本書を購入されている場合は、お取り替えできません。
※定価はカバーに表示してあります。

© 2013 SYUN AYASAKI
Printed in Japan
ISBN978-4-04-891612-7 C0193

メディアワークス文庫 http://mwbunko.com/
アスキー・メディアワークス http://asciimw.jp/

本書に対するご意見、ご感想をお寄せください。

あて先
〒102-8584 東京都千代田区富士見1-8-19 株式会社アスキー・メディアワークス
メディアワークス文庫編集部
「綾崎 隼先生」係

綾崎隼、初単行本!

命の後で咲いた花

The Flower which bloomed after her Life

綾崎 隼

イラスト／ワカマツカオリ

たとえば彼女が死んでも、きっとその花は咲くだろう。

絶望的な愛情の狭間で、命をかけて彼女は彼のものになる。


晴れて第一志望の教育学部に入学した榛名なずなだったが、大学生活は苦労の連続だった。

それでも弱音を吐くことは出来ない。

彼女には絶対に譲れない夢がある。

何としてでも教師にならなければならない理由があるのだ。


そんな日々の中、彼女はとある窮地を一人の男子学生に救われる。

寡黙で童顔な、突き放すような優しさを持った年上の同級生。

二つの夢が出会った時、一つの恋が生まれ、その未来が大きく揺れ動いていく。


たとえば彼女が死んでも、きっとその花は咲くだろう。

絶望的な愛情の狭間で、命をかけて彼女は彼のものになる。


愛と死を告げる、新時代の恋愛ミステリー。

発行●アスキー・メディアワークス　ISBN978-4-04-891507-6

メディアワークス文庫

偶然の「雨宿り」から始まる青春群像ストーリー。
ある夜、舞原零央はアパートの前で倒れていた女、
譲原紗矢を助ける。
帰る場所がないと語る彼女は居候を始め、
次第に猜疑心に満ちた零央の心を解いていった。
やがて零央が紗矢に惹かれ始めた頃、
彼女は黙していた秘密を語り始める。
その内容に驚く零央だったが、しかし、彼にも重大な秘密があって……。
第16回電撃小説大賞〈選考委員奨励賞〉受賞作
蒼空時雨
綾崎隼

発行●アスキー・メディアワークス　あ-3-1　ISBN978-4-04-868290-9

ある夜、逢坂柚希は幼馴染の紗雪と共に、
重大な罪を犯そうとしていた
舞原星乃叶を止める。
助けられた星乃叶は紗雪の家で居候を始め、
やがて、導かれるように柚希に惹かれていった。
それから一年。
星乃叶が地元へと帰ることになり、
次の彗星を必ず一緒に見ようと、
固い約束を交わして三人は別れる。
遠く離れてしまった初恋の星乃叶と、
ずっと傍にいてくれた幼馴染の紗雪。
しかし、二人には、決して
柚希に明かすことが出来ない哀しい秘密があって……。
これは、狂おしいまでのすれ違いが引き起こす、
「星」の青春恋愛ミステリー。
「彗星」に願いを託す、
切ないファースト・ラヴ・ストーリー
初恋彗星
綾崎 隼

発行●アスキー・メディアワークス　あ-3-2　ISBN978-4-04-868584-9

メディアワークス文庫

彼女の夢見た虹を、永遠の先まで届けよう。
ねえ、七虹。
どうしてなのかな。
やっぱりあんたが何を考えていたのか最後までさっぱり分からなかったよ。
私は親友だけど、
悪魔みたいに綺麗で、誰もがうらやむほどの才能に恵まれていて、
それなのに、いつだって寂しそうに笑っていたよね。
でも、私はそんな不器用なあんたが大好きだった。
だから、最後に教えて欲しい。
あんたはずっと誰を愛していたの？
何を夢見ていたのかな？
これは、永遠を願い続けた舞原七虹の人生を辿る、
あまりにも儚く、忘れがたいほどに愛しい、「虹」の青春恋愛ミステリー。
『蒼空時雨』『初恋彗星』の綾崎隼が贈る、新しい物語。
永遠虹路
綾崎 隼
発売中

発行●アスキー・メディアワークス　あ-3-3　ISBN978-4-04-868774-4

メディアワークス文庫

綾崎隼

発売中

吐息雪色

この想いが叶わなくても、構わない。
あなたが幸せであれば、それで良い。

幼い頃に両親を亡くした佳帆(かほ)は、ずっと妹と二人で生きてきた。
ある日、私立図書館の司書、舞原葵依(まいばらあおい)に恋をした佳帆は、
真っ直ぐな想いを胸に、彼への想いを育んでいく。
しかし、葵依には四年前に失踪した最愛の妻がいた。
葵依の痛みを知った佳帆は、自らの想いを噛み殺し、彼の幸せだけを願う。
届かなくても、叶わなくても、想うことは出来る。
穏やかな日々の中で、葵依の再生を願う佳帆だったが、
彼女自身にも抱えきれない哀しい秘密があって……。

これは、優しい「雪」が降り注ぐ、ミステリアス・ラヴ・ストーリー。

『蒼空時雨』『初恋彗星』『永遠虹路』の綾崎隼が贈る、新しい物語。

発行●アスキー・メディアワークス　あ-3-4　ISBN4-04-870053-5

メディアワークス文庫

ノーブルチルドレンの残酷
Tragedy of the Noble Children
綾崎 隼
Syun Ayasaki
イラストレーション／ワカマツカオリ
現代のロミオとジュリエット
残酷な儚き愛の物語
美波高校に通う旧家の跡取り舞原吐季は、一つだけ空いた部室を手に入れるため、『演劇部』と偽って創部の準備を進めていた。しかし、舞原と因縁ある一族の娘、千桜緑葉も『保健部』なる部の創設を目論んでおり、部室の奪い合いを発端に、奇妙な推理勝負が行われることになってしまう。反目の果てに始まった交流は、やがて、二人の心を穏やかに紐解いていくことになるのだが……。
幸せを放棄した少年と、純真な心で未来を夢見る少女の人生は、いつだってポップなミステリーで彩られていた。
これは、現代のロミオとジュリエットに舞い降りる、儚き愛の物語。
発売中

発行●アスキー・メディアワークス　あ-3-5　ISBN4-04-870683-4

メディアワークス文庫

ノーブルチルドレンの告別
Farewell of the Noble Children
綾崎 隼
Syun Ayasaki
イラストレーション／ワカマツカオリ
現代のロミオと
ジュリエット
残酷な儚き愛の物語
美波高校の『演劇部』に所属する舞原吐季と、『保健部』に所属する千桜緑葉。二人の奇妙な推理勝負は話題を呼び、いつしかルームシェアした部室には、悩みを抱えた生徒が頻繁に訪れるようになっていた。緑葉の一方的で強引な求愛に辟易する日々を送る吐季だったが、ある日、同級生、琴弾麗羅にまつわる謎解きをきっかけとして転機が訪れる。麗羅の血塗られた過去が暴かれ、誰も望んでいなかった未来の幕が、静かに上がってしまったのだ。
ポップなミステリーで彩られた、現代のロミオとジュリエットに舞い降りる、儚き愛の物語。激動と哀切の第二幕。
発売中

発行●アスキー・メディアワークス　あ-3-6　ISBN4-04-870699-5

メディアワークス文庫

ノーブルチルドレンの断罪
Vengeance of the Noble Children
綾崎 隼
Syun Ayasaki
イラストレーション／ワカマツカオリ
現代のロミオとジュリエット儚き愛の物語、第三幕
美波高校の『演劇部』に所属する舞原吐季と、『保健部』に所属する千桜緑葉。決して交わってはならなかった二人の心が、魂を切り裂く別れをきっかけに通い合う。
しかし、奇妙な暖かさに満ちていた二人の幸福な時間は、長くは続かなかった。仇敵である舞原と千桜、両家の執拗な糾弾が勢いを増していく。そして、二人の未来には、あまりにも重く、どうしようもないまでに取り返しがつかない代償が待ち受けていて……。
ポップなミステリーで彩られた、現代のロミオとジュリエットに舞い降りる、儚き愛の物語。悲哀と遺愛の第三幕。
発売中

発行●アスキー・メディアワークス　あ-3-8　ISBN4-04-886369-8

メディアワークス文庫

ノーブルチルドレンの愛情
Grace of the Noble Children

恋愛ミステリーの決定版！
現代のロミオとジュリエット、
儚き愛の物語、完結編。

そして、悲劇は舞い降りる。
美波高校の『演劇部』に所属する舞原吐季と、『保健部』に所属する千桜緑葉。
心を通い合わせた二人だったが、
両家の忌まわしき因縁と暴いてしまった血の罪が、すべての愛を引き裂いていく。
彼女に心を許してしまいさえしなければ、
眩暈がするほどの絶望も、逃げられやしない孤独な永遠も、
経験することなどなかったのに。
琴弾麗羅の『告別』が、桜塚歩夢の『断罪』が、千桜緑葉の『愛情』が、
舞原吐季の人生を『残酷』な未来へと導いていく。
現代のロミオとジュリエット、絶望と永遠の最終幕。

綾崎 隼
Syun Ayasaki
イラストレーション／ワカマツカオリ

発行●アスキー・メディアワークス　あ-3-9　ISBN4-04-886807-5

メディアワークス文庫

綾崎 隼
SYUN AYASAKI
イラストレーション
秋 赤音
AKANE AKI
好きな人が好きな人を、
強がりではなく好きになれたら良い――。
家族の不和、消失する未来、
そして叶わない恋。
青春時代に翻弄される
四人の少年少女は、
かけがえのない存在を守るために、
日常からの『家出』を決意するのだが……。
舞台化もされた傑作恋愛小説
『蒼空時雨』より遡ること10年。
高校生だった紀橋朱利は、
友人との逃避行の果てに何を見出し、
何を失ってしまうのか。
トイズファクトリーからデビューした
アーティスト・秋 赤音と
メディアワークス文庫
作家・綾崎 隼が紡ぎ出す。
ロックで彩られた
センチメンタル・ラヴ・ストーリー。
そこに痛みしかなくても、
好きな気持ちは殺せない。
この世界には
想うしかない恋もある。
INNOCENT DESPERADO
―イノセント デスペラード―
発売中

発行●アスキー・メディアワークス　あ-3-7　ISBN4-04-886368-1

メディアワークス文庫は、電撃大賞から生まれる!

おもしろいこと、あなたから。

電撃大賞

作品募集中!

自由奔放で刺激的。そんな作品を募集しています。
受賞作品は「電撃文庫」「メディアワークス文庫」からデビュー!

電撃小説大賞・電撃イラスト大賞
※第20回より賞金を増額しております。

賞（共通）	**大賞**……………正賞＋副賞300万円 **金賞**……………正賞＋副賞100万円 **銀賞**……………正賞＋副賞50万円
（小説賞のみ）	**メディアワークス文庫賞** 正賞＋副賞100万円 **電撃文庫MAGAZINE賞** 正賞＋副賞30万円

編集部から選評をお送りします!
小説部門、イラスト部門とも1次選考以上を通過した人全員に選評をお送りします!

イラスト大賞はWEB応募も受付中!

最新情報や詳細は電撃大賞公式ホームページをご覧ください。
http://asciimw.jp/award/taisyo/
編集者のワンポイントアドバイスや受賞者インタビューも掲載!

主催:株式会社アスキー・メディアワークス